ASMARA
THE FROZEN CITY

jovis

ASMARA
THE FROZEN CITY

STEFAN BONESS | Fotografie
JOCHEN VISSCHER | Hrsg.

| AUSSTELLUNGEN
| EXHIBITIONS
| MOSTRE

ASMARA –
Africa's Secret Modernist City

Deutsches Architektur Zentrum (DAZ),
Berlin
03.10. – 03.12.2006

Deutsches Architektur Museum (DAM),
Frankfurt
06.02. – 15.04.2007

Kasseler Architekturzentrum im Kultur-
bahnhof (KAZ im KUBA)
24.04. – 13.05.2007

Wechselraum. BDA Galerie Stuttgart
21.09. – 19.10.2007

International Union of Architects (UIA),
World Congress, Turin
07/2008

INHALT | CONTENT | CONTENUTO

10 | **VORWORT**
| **FOREWORD**
| **INTRODUZIONE**

    PETER CACHOLA SCHMAL

16 | **SCHLAFENDE MODERNE**
| **DORMANT MODERNISM**
| **IL MODERNO ADDORMENTATO**

    JOCHEN VISSCHER

30 | **FOTOGRAFIEN**
| **PHOTOGRAPHS**
| **FOTOGRAFIE**

    STEFAN BONESS

| Karte von Asmara
| Map of Asmara
| Mappa di Asmara

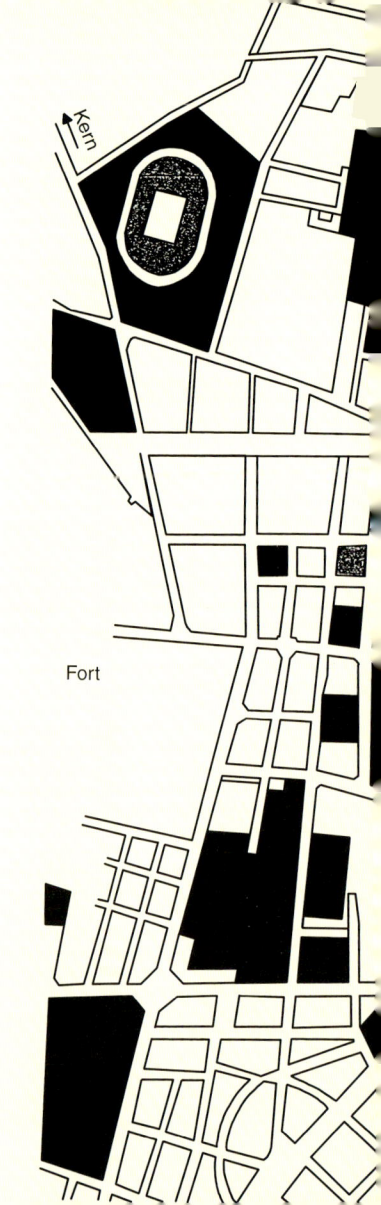

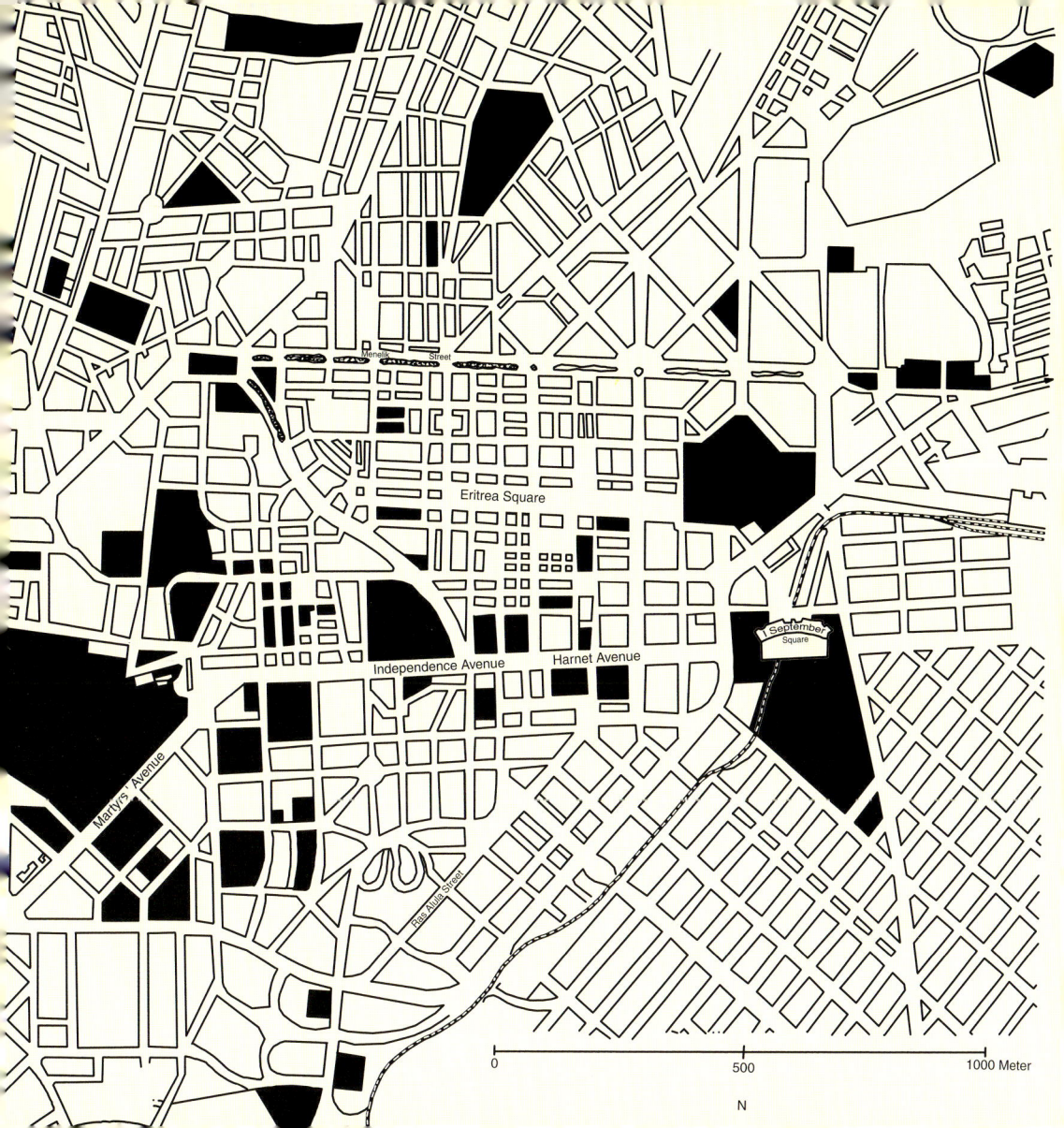

VORWORT

Die Idee, eine Ausstellung über Asmara, die vergessene Hauptstadt von Eritrea, zu zeigen, mag überraschen. Warum sollte diese unbekannte afrikanische Stadt für uns in irgendeiner Weise interessant sein? Wurde hier tatsächlich ein allgemeingültiger Beitrag zur Architektur geleistet?
Wir waren anfangs mehr als skeptisch. Doch die melancholischen Aufnahmen von Asmara, von einer mysteriösen, leicht zerbröckelnden Idealstadt der Moderne, realisiert in einem vollkommen unbekannten Land, zogen uns in ihren Bann.
„Armut ist der beste Denkmalschutz", lautet eine Erkenntnis, die man in der ehemaligen DDR oft bestätigt finden konnte. Und dies gilt ebenso für die von der italienischen Kolonialmacht gegründete Hauptstadt des damaligen Abbessinien. Mussolini und seine Faschisten, die das Nachbarland Äthiopien annektieren wollten, bauten zwischen 1934 und 1940 die Stadt mit enormen finanziellen Mitteln aus. Die italienische Bevölkerung erhöhte sich von 4000 auf 70.000, die einheimische Bevölkerung verdoppelte sich auf 200.000. Die in 2500 Metern Höhe gelegene Stadt nannte sich sogar „Piccola Roma". Mit großmaßstäblichen Stadtplanungen und neuesten architektonischen Schöpfungen – wie einer verschiebbaren Kinoüberdachung –, die von talentierten italienischen Jungarchitekten gebaut wurden, entstand die fortschrittlichste Stadt des Kontinents und ein einzigartiges Manifest der Moderne. So gibt es dort zahllose Beispiele der Architettura Razionale zu entdecken, aber ebenso Bauten im Stile des Novecento, des Futurismo und des Modernismo, und neobarocke oder neoklassizistische neben Gebäuden des italienischen Jugendstils. Eines der aufsehenerregendsten Bauwerke ist die 1938 erbaute Fiat-Tagliero-Tankstelle, eine Mischung aus der Formensprache Frank Lloyd Wrights mit der eines Flugzeuges. Der Archi-

FOREWORD

It might seem rather unusual to show an exhibition about Asmara, the forgotten capital of Eritrea. Why should this unknown African city be of any interest to us? Was a universally valid contribution to architecture made here, for example? Initially, we were more than sceptical. But the melancholy shots of a mysterious, slightly crumbling, ideal city of Modernism fascinated us.
"Poverty is the best way to protect monuments": an insight that was often confirmed in the GDR. And it is equally applicable to what was the capital of former Abyssinia when the Italian colonialists founded it. Mussolini and his Fascists, who aimed to annex the neighbouring country of Ethiopia, developed Asmara between 1934 and 1940, expending enormous funds. The Italian population was increased from 4,000 to 70,000 in this period, while the native population doubled to 200,000. The city – which was situated at an altitude of 2,500 metres – even called itself "Piccola Roma". The most developed city on the continent emerged as a result of large-scale urban planning and the latest architectonic inventions – a variable cinema roof, for instance – built by talented young Italian architects; it was a unique manifesto of Modernism. Innumerable examples of Architettura Razionale can be discovered there, for example, but also buildings in the style of the Novecento, Futurismo, Modernismo, neo-Classicism and neo-Baroque as well as the Italian art nouveau. One of the most sensational structures is the Fiat Tagliero service station, built in 1938, a combination of the formal language of Frank Lloyd Wright and that of an aeroplane. The architecture critic of the London *Guardian*, Jonathan Glancey, has referred to the service station as "the best example of Futuristic architecture in Africa". Today, Asmara represents the largest surviving ensem-

INTRODUZIONE

PETER CACHOLA SCHMAL
Deutsches Architektur Museum

Può stupire l'idea di una mostra su Asmara, la capitale dimenticata dell'Eritrea. Perché dovrebbe interessarci in qualche modo questa sconosciuta città africana? Si è dato qui veramente un contributo di validità generale all'architettura?
„La povertà è la migliore tutela dei monumenti": questo si poteva riconoscere e confermare spesso nella ex RDT. E questo vale allo stesso modo per la capitale dell'allora Abissinia, fondata dalla potenza coloniale italiana. Mussolini e i fascisti, che volevano annettere la confinante Etiopia, costruirono la città tra il 1934 ed il 1940 con enormi mezzi finanziari. La popolazione italiana crebbe da 4000 a 70.000 persone, quella locale raddoppiò arrivando a 200.000 persone. La città posta a 2500 metri di altezza era chiamata perfino „Piccola Roma". Con piani urbanistici in grande scala e creazioni architettoniche modernissime – come il tetto detraibile di un cinema - costruite da giovani architetti italiani pieni di talento, sorse la città più progressista del continente e contemporaneamente un manifesto del Moderno. Così ci sono da scoprire ad Asmara innumerevoli esempi di Architettura Razionale, ed allo stesso tempo edifici nello stile del Novecento, del Futurismo e del Modernismo, edifici neobarocchi e neoclassici accanto ad edifici del Liberty italiano. Uno degli edifici più strepitosi è la stazione di servizio Fiat-Tagliero, costruita nel 1938 in una miscela tra il linguaggio formale di un Frank Lloyd Wright e quello di un aeroplano. Il critico di architettura del giornale londinese *Guardian*, Jonathan Glancey, ha definito questa stazione di servizio come „il miglior esempio per l'architettura futurista in Africa". Asmara costituisce oggi il complesso di architettura moderna conservata più grosso a livello mondiale, che viene messo qualitativamente sullo stesso piano di Miami South Beach, di Tel Aviv e della neozelandese Napier.

tekturkritiker des Londoner *Guardian*, Jonathan Glancey, bezeichnete die Tankstelle als „das beste Beispiel für die futuristische Architektur in Afrika". Asmara stellt heute das weltweit größte erhaltene Ensemble moderner Architektur dar und wird von Kennern qualitativ auf eine Stufe mit Miami South Beach, Tel Aviv und dem neuseeländischen Napier gestellt.

1941 endete die italienische Herrschaft. Seither wurde nicht mehr gebaut, denn die politischen Wirren zogen sich über sechzig Jahre hin und machten größere Investitionen unmöglich. Nach über dreißig Jahren Krieg gegen den Besatzer Äthiopien wurde Eritrea 1993 unabhängig, musste aber eine erneute Eroberung durch Äthiopien im Mai 2000 erloiden. Insgesamt forderte der Krieg 70.000–120.000 Opfer auf beiden Seiten. Erst seit 2001 herrscht Frieden im Land. Glücklicherweise haben die modernistischen Bauten kaum Schäden erlitten, das Stadtzentrum wurde von der Regierung inzwischen unter Denkmalschutz gestellt und schrittweise renoviert. Seit 2005 bewirbt man sich offiziell um die Aufnahme in das UNESCO-Weltkulturerbe-Programm. Die Ausstellung, von Omar Akbar und Naigzy Gebremedhin kuratiert, dient der Unterstützung des Vorhabens und wird nach den drei Stationen in Deutschland auf dem nächsten UIA-Kongress im Juli 2008 in Turin der internationalen Fachwelt präsentiert.

ble of Modernist architecture worldwide, and experts place it on a qualitative par with Miami South Beach, Tel Aviv and Napier in New Zealand.

Italian rule came to an end in 1941 and since then no further building has taken place, for political confusion lasted over sixty years and made large-scale investment impossible. After more than thirty years of war against the occupying Ethiopian forces, Eritrea became independent in 1993. However, it suffered a further defeat at the hands of Ethiopia in May 2000. An estimated 70,000–120,000 people have died in this conflict on both sides. The country has only been at peace since 2001. Fortunately, the Modernist buildings suffered very little damage; in the meantime, the government has put a preservation order on the city centre, which is being restored step by step. Since 2005, an official application for status as part of the UNESCO World Cultural Heritage programme has been under assessment. The exhibition, curated by Omar Akbar and Naigzy Gebremedhin, is intended in support of this application, and after the three German venues it will be presented to international specialists at the next UIA congress in Turin, in July 2008.

Nel 1941 ebbe termine il dominio italiano; da allora non si è più costruito perché i disordini politici si sono protratti per più di 60 anni e hanno reso impossibili investimenti di maggiore rilievo. Dopo oltre trent'anni di guerra contro gli occupanti etiopi l'Eritrea è diventata indipendente nel 1993, ha sofferto però nel maggio del 2000 una nuova conquista da parte degli Etiopi. Complessivamente la guerra ha mietuto 70.000–120.000 vittime da entrambe le parti. E' solo dal 2001 che nel paese regna la pace. Fortunatamente gli edifici modernisti non hanno subito quasi nessun danno, il centro urbano nel frattempo è stato posto sotto tutela dei monumenti da parte del governo ed è stato restaurato passo dopo passo. Dal 2005 è stata avanzata ufficialmente la candidatura per entrare nella lista dei Patrimoni Culturali dell'Umanità dell'UNESCO. La mostra, curata da Omar Akbar e da Naigzy Gebremedhin, serve ad appoggiare questa iniziativa e – dopo tre stazioni in Germania - verrà presentata agli esperti a livello internazionale nel prossimo congresso dell'UIA nel luglio 2008 a Torino.

Mai Jah Jah · 1938

JOCHEN VISSCHER

DIE SCHLAFENDE MODERNE

Das Jahr 1889 war Ausgangspunkt für die moderne Geschichte Eritreas. Mit der Besetzung durch Italien geriet das Land unter Einfluss der Europäer, die zunächst die am Roten Meer gelegene Hafenstadt Massawa zur Hauptstadt ihrer neuen Kolonie machten. Doch die Wetterverhältnisse dort waren extrem, so dass sich die Italiener 1900 entschlossen, den Verwaltungssitz ins klimatisch angenehmere Hochland von Eritrea zu verlegen. Das ca. 80 Kilometer von Massawa entfernt liegende Asmara wurde zur neuen Hauptstadt.

Obwohl Asmara nachweislich älter als 700 Jahre ist, begann die eigentliche Historie der Stadt erst jetzt. Aus dem kleinen Ort von damals mit etwas mehr als 5000 Einwohnern, der aus vier Siedlungen zusammengewachsen war, sollte nun innerhalb der nächsten vierzig Jahre eine der modernsten afrikanischen Großstädte werden. Planungsprinzipien und Baustile folgten seitdem nicht nur zunehmend europäischen Einflüssen, sondern sie spiegelten auch jeweilige internationale Architekturtendenzen wider. So finden sich einige Beispiele neo-klassizistischer und neo-barocker Architektur, die am Anfang des letzten Jahrhunderts erbaut worden sind.

Aber es war die Machtergreifung Benito Mussolinis im Jahr 1922, die die Entwicklung der Stadt und des Landes entscheidend vorantreiben und beeinflussen sollte. Dem Diktator schwebte ein italienisches Imperium vor, wobei Eritrea und insbesondere der Hauptstadt Asmara für seine Planungen in Ostafrika eine besondere Rolle als Ausgangspunkt für den geplanten Abessinienfeldzug zukam. Ohne Kriegserklärung überfielen italienische Truppen im Oktober 1935 das Kaiserreich Abessinien, das heutige Äthiopien, einziges afrikanisches Mitglied des Völkerbundes. Mussolini ließ 170.000 italienische Soldaten und zahlreiche Zivilisten,

DORMANT MODERNISM

The modern history of Eritrea began in the year 1889. Italian occupation brought the country under the influence of Europeans, who initially made the port of Massawa beside the Red Sea into the capital of their new colony. However, weather conditions there were extreme, and so in 1900 the Italians decided to move the seat of administration into the high-lying areas of Eritrea, where the climate was more pleasant. Asmara, situated around 80 kilometres away from Massawa, became the new capital.

Although evidence indicates that Asmara is already more than 700 years old, the true history of the city began at that time. A small town of little more than 5,000 inhabitants, that had developed from four separate settlements, within the next forty years Asmara was to advance into one of the most modern African metropolises. From that time onwards, planning principles and architectural styles not only followed the European influence, they also reflected a number of international architectural trends. Among others, various examples can be found of neo-Classicist and neo-Baroque architecture, built at the beginning of the last century.

But it was Benito Mussolini's seizure of power in 1922 that was to accelerate and influence the development of the city and indeed the country in a truly decisive way. The dictator envisioned an Italian empire — and Eritrea and in particular its capital Asmara played a key role in his plans for East Africa; as the base for his planned Abyssinian campaign. In October 1935, without declaring war, Italian troops invaded the Kingdom of Abyssinia — today's Ethiopia, the only African member of the League of Nations. Mussolini had 170,000 Italian soldiers and numerous civilians, 65,000 North African mercenaries and 38,000 other military employees brought to East Africa. Above all, this led to an ex-

IL MODERNO ADDORMENTATO

Il 1889 fu l'inizio della storia moderna dell'Eritrea. Con l'occupazione italiana il paese cadde sotto l'influenza degli europei, i quali fecero di Massawa, la città portuale sul Mar Rosso, la capitale della nuova colonia. Lì però le condizioni climatiche erano così estreme che gli italiani decisero di spostare la sede amministrativa sull'altopiano dell'Eritrea, climaticamente più gradevole. Asmara, a circa 80 chilometri di distanza da Massawa, divenne la nuova capitale.

Sebbene Asmara abbia già più di 700 anni di storia documentata, si può dire che la storia vera e propria della città iniziò solo in quel momento. La piccola località di allora poco più di 5000 abitanti, nata dalla fusione di quattro insediamenti, sarebbe diventata una delle più moderne grandi città africane nel giro dei successivi quarant'anni. Principi di progettazione e stili architettonici iniziarono da allora non solo a seguire sempre di più influssi europei, ma anche a rispecchiare le tendenze architettoniche internazionali del momento. Così per esempio si riscontrano anche esempi di architettura neoclassicista e neobarocca, costruiti all'inizio dell'ultimo secolo.

Fu però la presa del potere di Benito Mussolini nel 1922 che influenzò ed accelerò in modo decisivo lo sviluppo della città e del paese. Il dittatore sognava un impero italiano. Nei suoi progetti sull'Africa Orientale all'Eritrea e in particolare alla capitale Asmara spettava un ruolo centrale come punto di partenza della progettata campagna di Abissinia. Senza dichiarazione di guerra le truppe italiane invasero nell'ottobre 1935 l'impero abissino, l'attuale Etiopia, unico membro africano della Società delle Nazioni. Mussolini fece arrivare in Africa Orientale 170.000 soldati italiani, numerosi civili, 65.000 mercenari nordafricani e 38.000 ausiliari militari. Fu questo che portò a una crescita esplosiva di Asmara, a un boom edilizio

65.000 nordafrikanische Söldner sowie 38.000 Militärarbeiter nach Ostafrika bringen. Vor allem das führte zu einem explosionsartigen Wachstum Asmaras und zu einem Bauboom enormen Ausmaßes, in dessen Verlauf der Anteil europäischer Kolonialisten von 4000 im Jahr 1934 auf mehr als 70.000 im Jahr 1941 stieg. In nur wenigen Jahren entstanden die meisten der modernen Bauten, errichtet für den Bedarf der schnell wachsenden Metropole, die bis heute das Erscheinungsbild der Stadt prägen. Asmara verwandelte sich nun von einer Provinzstadt in eine Großstadt europäischen Stils. Um den bescheidenen Stadtkern erfolgte ab 1935 eine gewaltige Erweiterung. Die modernen Gebäude, die überwiegend im – europäischen – Zentrum der Stadt errichtet wurden, spiegeln ganz unterschiedliche architektonische Bewegungen und Besonderheiten jener Zeit, vor allem aber die der „Architettura Razionale", der italienischen Moderne der 1920er und 1930er Jahre, wider.

Perfiderweise hinterließ auch Mussolinis verschärfte Rassenpolitik sichtbare Spuren in der Stadtentwicklung. Mit dem Gesetz vom 19. April 1937 wurde die Beziehung weißer Männer zu schwarzen Frauen unter Strafe gestellt. Nun wurden Wohnquartiere, Kinos, Schulen und selbst Gottesdienste nach Rassen getrennt. Unterschiedliche Bau- und Wohnstandards in den Stadtteilen belegen im gesamten Stadtbild auffallend, in welch geringem Maß der Bauboom der afrikanischen Bevölkerung zugute kam. Das Gebiet, in dem mehr als 100.000 eritreische Einwohner ärmerer Bevölkerungsschichten ohne Kanalisation und Wasserversorgung auf engstem Raum zusammenleben mussten, stand in einem krassen Gegensatz zur europäischen Stadt mit ihren Boulevards und Prachtbauten. Ein Unterschied in der Stadtentwicklung, der, auch nachdem die Europäer Asmara verlassen hatten, die Kluft zwischen den sozialen Schichten und den von ihnen bewohnten Stadtteilen verdeutlichte und Planern bis in die Gegenwart große Probleme bereitet.

plosive growth of Asmara and to an enormous building boom. The proportion of European colonialists grew from 4,000 in the year 1934 to more than 70,000 by the year 1941. Most of the modern buildings were constructed in the course of only a few years, built for the needs of this rapidly expanding metropolis. These structures have continued to characterise the city's appearance up to the present day. Asmara was transformed from a provincial town into a European-style big city. Tremendous expansion took place around the modest city centre from 1935 onwards. The modern buildings, which were primarily built in the – European – centre of the city, reflect very different architectonic movements and features of that period, but the dominant style is "Architettura Razionale"; the Italian Modernism of the 1920s and 1930s.

Mussolini's perfidious racial policies also left visible marks on urban development. A law passed on 19th April 1937 made relationships between white men and black women illegal, punishable by law. Subsequently, residential districts, cinemas, schools and even church services were racially segregated. In an obvious way throughout the city, different standards of building and housing in the various districts demonstrate that the native African population benefited very little from the construction boom. The areas where more than 100,000 poorer Eritrean inhabitants were compelled to live – packed together and with no sewerage or water supply – present a striking contrast to the European city with its boulevards and splendid buildings. This was a difference in urban development which underlined – even after the Europeans had left Asmara – the tremendous gulf between the social classes and the city districts that they inhabited. It continues to cause great problems for the planners, even today.

On 1st April 1941, united British and Ethiopian forces took over the city, and Eritrea remained under British administ-

di dimensioni enormi, nel corso del quale il numero dei colonialisti europei crebbe dai 4000 del 1934 ai 70.000 del 1941. In solo pochi anni sorse la maggioranza degli edifici moderni, eretti per il fabbisogno di una metropoli in rapida crescita. Sono questi edifici che caratterizzano fino ad oggi l'immagine della città. Asmara si trasformò allora da una città di provincia in una grande città di stile europeo. Attorno al modesto nucleo cittadino dal 1935 si sviluppò un ampliamento gigantesco. Gli edifici moderni, sorti prevalentemente nel centro – europeo – della città, rispecchiano movimenti e particolarità architettoniche dell'epoca tra loro completamente diversi, però prima di tutto legati all'"Architettura Razionale", al moderno italiano degli Anni Venti e Trenta.

Anche l'intensa politica razziale di Mussolini perfidamente ha lasciato tracce visibili nello sviluppo urbanistico. Con la legge del 19 aprile 1937 si previdero sanzioni penali per i rapporti dei bianchi con le donne di colore. Da allora furono divisi secondo la razza i quartieri residenziali, i cinema, le scuole e addirittura le messe. Gli standard edilizi ed abitativi diversi nei rispettivi quartieri sono una vistosa testimonianza in tutto il panorama cittadino di come la popolazione africana abbiamo profittato solo in minima misura del boom edilizio. Il territorio, in cui dovevano vivere più di 100.000 abitanti eritrei delle classi sociali più povere, senza fognature e approvvigionamento idrico, in spazi ristrettissimi, si trovava in contrasto pesante con la città europea, con i suoi vlali ed i suoi edifici sontuosi. Una differenza urbanistica che, anche dopo che gli europei abbandonarono Asmara, ha continuato ad evidenziare la distanza abissale tra gli strati sociali ed i quartieri da loro rispettivamente abitati e procura fino ad oggi grossi problemi agli urbanisti.

L'1 aprile 1941 le forze militari unificate britanniche ed etiopiche presero possesso della città. Tra il 1941 e il 1952 l'Eritrea rimase sotto amministrazione britannica. La fine del dominio italiano arrestò gradualmente lo sviluppo di Asmara,

Kathedrale und katholische Mission · 1895
Oreste Scanavini
Cathedral and Catholic Mission · 1895
Oreste Scanavini
Cattedrale e Missione Cattolica · 1895
Oreste Scanavini

Am 1. April 1941 übernahmen die vereinten britischen und äthiopischen Streitkräfte die Stadt. Zwischen 1941 und 1952 stand Eritrea unter britischer Verwaltung. Das Ende der italienischen Herrschaft brachte das Wachstum Asmaras allmählich zum Erliegen, obwohl – zumeist schon projektierte – Planungen in vielen Fällen noch bis Ende der 40er Jahre vollendet wurden.

Nach einem UN-Beschluss wurde das Land 1952 in eine Föderation mit Äthiopien gezwungen, das Eritrea Anfang der 60er Jahre vollständig annektierte. Eritrea war nun eine von 14 Provinzen Äthiopiens und ebenso wie seine Hauptstadt annähernd bedeutungslos. Jahrzehntelange kriegerische Auseinandersetzungen mit Äthiopien folgten. Der Bürgerkrieg endete erst 1991 mit dem Sieg der Eritrean People's Liberation Front (EPLF) über die Zentralregierung Äthiopiens. Die Volksabstimmung im April 1993 brachte die ersehnte Unabhängigkeit Eritreas. Damit erwachte auch Asmara aus seinem Dornröschenschlaf; es wurde zur Hauptstadt der jüngsten afrikanischen Nation.

Die Jahrzehnte des Kriegs hinterließen starke Spuren in Eritrea. Asmara aber überstand diese Zeit fast unbeschadet, allerdings in schlechtem Zustand. Das so reiche architektonische Erbe der Moderne war in seiner Substanz zwar erhalten, musste nun aber vor dem vollständigen Verfall gerettet werden. Erst allmählich wurde man sich im Land dieser Verantwortung bewusst, im Jahr 2001 stellte die Regierung Eritreas die Altstadt Asmaras unter Denkmalschutz. Damit sind wohl erste Voraussetzungen erfüllt, den architektonisch so bedeutenden Stadtkern Asmaras in die Liste des Weltkulturerbes aufzunehmen. Weitere Bemühungen in diese Richtung sind schon zu verzeichnen.

Die im Folgenden zitierten Gedanken von Naigzy Gebremedhin sowie Katja Klaus, Werner Möller und Rainer Weisbach, Stiftung Bauhaus Dessau, zur Architekturgeschichte Asmaras entstammen den Texten zur Ausstellung „Asmara

tration from 1941 to 1952. The end of Italian rule gradually brought Asmara's expansion to a halt, although many projects already planned were still realised up until the end of the 40s.

In 1952, a UN resolution compelled the country to join a federation with Ethiopia, and Ethiopia completely annexed Eritrea at the beginning of the 60s. Eritrea was now one of Ethiopia's 14 provinces and, like its capital city, largely insignificant. For decades, regular military disputes with Ethiopia ensued. This civil war did not come to an end until 1991, when the Eritrean People's Liberation Front (EPLF) gained a decisive victory over the central government of Ethiopia. A referendum in April 1993 brought Eritrea its longed-for independence, which also meant that Asmara – after lying dormant for so long – became the capital city of the youngest African nation.

Decades of war left behind some stark reminders of conflict in Eritrea. However, the buildings of Asmara survived this period largely undamaged, although they were in a ruinous condition. The basic fabric of Modernism's splendid architectonic heritage has survived, but it must still be rescued from the prospect of complete decay and ruin. The people of Eritrea are only gradually becoming aware of this responsibility; in the year 2001, the government placed the whole of the old city of Asmara under a preservation order. The first precondition enabling the architecturally significant city centre of Asmara to be listed as part of World Cultural Heritage has thus been fulfilled, and further efforts in this direction are already discernible.

The thoughts on the architectural history of Asmara quoted below were taken from texts written for the exhibition "Asmara – Africa's Secret Modernist City" by Naigzy Gebremedhin as well as Katja Klaus, Werner Möller, and Rainer Weisbach, Bauhaus Dessau Foundation. We are grateful to the Bauhaus Dessau Foundation for permission to include

nonostante che alcuni edifici – prevalentemente già in fase di progettazione - siano stati completati ancora fino alla fine degli Anni Quaranta.

Secondo una decisione dell'ONU il paese è stato costretto nel 1952 ad una federazione con l'Etiopia, che ha annesso completamente l'Eritrea all'inizio degli Anni Sessanta. L'Eritrea era allora solo una delle 14 province etiopi e quindi quasi insignificante, come la sua capitale. Sono seguiti decenni di conflitti bellici con l'Etiopia. La guerra civile finì solo nel 1991 con la vittoria dell'Eritrean People's Liberation Front (EPLF) contro il governo centrale dell'Etiopia. Il referendum popolare nell'aprile del 1993 ha portato alla tanto agognata indipendenza eritrea. In questo modo Asmara si è risvegliata ed è diventata la capitale della nazione africana più giovane.

I decenni di guerra hanno lasciato forti tracce in Eritrea. Asmara invece ha superato quegli anni quasi indenne, anche se naturalmente in uno stato di abbandono. La sostanza della così ricca eredità del moderno si è conservata, la si è dovuta però salvare dalla decadenza totale. Solo gradualmente nel paese ci si è resi conto di questa responsabilità, nel 2001 il governo eritreo ha messo sotto tutela il centro storico di Asmara. In questo modo sono state poste le prime premesse per accogliere il centro città di Asmara nella lista dei beni facenti parte del patrimonio culturale dell'umanità. Ulteriori sforzi in questa direzione si possono già registrare. I pensieri citati qui in seguito – di Naigzy Gebremedhin e Katja Klaus, Werner Möller e Rainer Weisbach, Stiftung Bauhaus Dessau, – riguardano la storia dell'architettura ad Asmara e sono stati tratti dai testi della mostra „Asmara – Africa's Secret Modernist City". La Fondazione Bauhaus Dessau li ha messi a disposizione degnamente per questo volume. Questi pensieri documentano con forza la molteplicità affascinante dell'architettura di Asmara.

Per secoli l'Eritrea fu influenzata dalle culture e religioni di

– Africa's Secret Modernist City". Sie wurden uns dankenswerterweise von der Stiftung Bauhaus Dessau für diesen Band zur Verfügung gestellt und sie belegen eindrucksvoll die faszinierende Vielfalt der Architektur Asmaras.

Über Jahrhunderte wurde Eritrea durch die Kulturen und Religionen unterschiedlicher Machthaber beeinflusst. Ägypter, Osmanen und Europäer hinterließen im Lauf der Geschichte Spuren, die die Kultur des Landes geprägt haben. Bis heute wirkt sich das Nebeneinander verschiedener Traditionen auf die Lebendigkeit Asmaras aus.

In der Architektur, vor allem in den sakralen Bauten, sind die Vermischung und Koexistenz unterschiedlicher Formensprachen und Stile in Verbindung mit lokalen Bauweisen ab 1900 ganz deutlich abzulesen. Zu Beginn der 1030er Jahre war die Frage der Stadtgestaltung zum zentralen Thema der modernen Architektur und Planung geworden. 1937/38 legten Vittorio Cafiero und Guido Ferraza Pläne zur Erweiterung der – mittlerweile zu einer kleinen Metropole angewachsenen – Stadt vor. Orientiert an den Grundzügen moderner Stadtorganisation, wie sie in der Charta von Athen formuliert worden waren, schrieben die Planungen gleichzeitig die seit Beginn der Kolonialisierung bestehende räumliche Trennung zwischen Eritreern und Europäern fort. In einer so genannten „Mischzone" im Zentrum waren die für beide Bevölkerungsgruppen gleichermaßen bedeutsamen administrativen und gewerblichen Funktionen angesiedelt, außerdem Wohnungen und die zentralen kulturellen Einrichtungen. Der Erweiterungsplan konnte bis zum Abzug Italiens aus Eritrea 1941 nicht vollständig umgesetzt werden, bestimmt aber in seiner räumlichen Qualität noch immer das Gesicht des Zentrums von Asmara.

Die Moderne hat die eritreische Kapitale nicht nur stadtplanerisch, sondern auch architektonisch tief geprägt. Bis heute lässt sich am Stadtbild plastisch die Spaltung der italienischen Architekturszene in den 1920er und frühen 1930er

this impressive evidence of the facinating diversity of Asmara's architecture in our publication.

Eritrea has been influenced by the cultures and religions of its various rulers across the centuries. Throughout the course of history, Egyptians, Ottomans and Europeans left behind traces that made their mark on the country's culture. This adjacency of various traditions has continued to have its effect on Asmara's lively atmosphere.

In architecture, particularly that of religious buildings, the blending and coexistence of different formal and stylistic languages in combination with local building methods can be discerned quite clearly from 1900 onwards. At the beginning of the 1930s, the question of urban design had become a central concern of modern architecture and planning. In 1937/38, Vittorio Cafiero and Guido Ferraza projected plans to expand the city, which had grown into a small metropolis by then. Oriented on the principles of modern urban organisation as formulated in the Charter of Athens, these plans also underlined the spatial division between the Eritrean population and the resident Europeans that had existed throughout colonisation. Administrative and commercial functions, of equal importance to both groups of the population, were located together with apartments and the key cultural institutions in a so-called "mixed zone" in the city centre. It proved impossible to fully realise the expansion plan before Italy's withdrawal from Eritrea in 1941, but its essence still determines the layout of Asmara's centre today.

Of course, Modernism made a deep impression on the Eritrean capital – not only on urban planning, but also and especially on its architecture. The face of the city today still enables us to visualise the division of the Italian architectural scene in the 1920s and early 1930s in an extremely plastic way. The divergent formal languages of the Novecento and the Scuola Romana, of Art déco, Razionalismo

chi si alternò al potere. Egiziani, Ottomani ed Europei lasciarono tracce che hanno contribuito a caratterizzare la cultura del paese. Fino ad oggi questi accostamenti di tradizioni diverse hanno conseguenze sulla vitalità di Asmara.

Nell'architettura, prima di tutto negli edifici sacrali, si può rilevare con grande chiarezza dal 1900 la mescolanza e la coesistenza di linguaggi formali e stili diversi, in collegamento con i sistemi costruttivi locali. All' inizio degli Anni Trenta la questione dell'assetto urbano era divenne un tema centrale. Nel 1937/38 Vittorio Cafiero e Guido Ferraza presentarono progetti per l'ampliamento di quella che era diventata nel frattempo una piccola metropoli. I progetti si orientavano sui principi dell'organizzazione urbanistica moderna formulati nella Carta di Atene, e contemporaneamente proseguivano nella scelta della divisione spaziale tra eritrei ed italiani, compiuta fin dall'inizio della colonizzazione. In una cosiddetta "zona mista" erano concentrate le funzioni amministrative, commerciali e industriali importanti per tutti, ed oltre a ciò abitazioni e istituzioni culturali. Il piano di ampliamento non poté essere realizzato completamente prima dell'uscita dell'Italia dall'Eritrea nel 1941; esso però continua a determinare nella sua qualità spaziale il volto del centro di Asmara.

Naturalmente il moderno ha improntato profondamente la capitale eritrea non solo dal punto di vista urbanistico, ma particolarmente dal punto di vista architettonico. Fino ad oggi si può rilevare nel panorama urbano la spaccatura degli architetti italiani negli Anni Venti e nei primi Anni Trenta. I linguaggi formali del Novecento e della Scuola Romana, dell'Art Decó, del Razionalismo e del Futurismo – solo per citare le correnti più significative – coesistono l'uno accanto all'altro e contribuiscono a determinare l'aspetto della capitale. Un gruppo di giovani architetti milanesi sviluppò dopo la fine della Prima Guerra Mondiale l'architettura del Novecento. Influenzati dal fascismo emergente si richiamavano

Jahren ablesen. Die divergierenden Formensprachen des Novecento und der Scuola Romana, des Art déco, Razionalismo und des Futurismo – um nur die bedeutendsten Strömungen zu nennen – existierten nebeneinander und trugen zum Erscheinungsbild der Hauptstadt bei.

Eine Gruppe junger Mailänder Architekten entwickelte nach dem Ende des Ersten Weltkriegs die Architektur des Novecento. Vom aufkommenden Faschismus beeinflusst, berief sie sich, auch als Bekenntnis zu einer nationalen Identität, in einem neuerlichen Bezug auf das Formenvokabular der italienischen Klassik. Asymmetrischer Aufbau und bewusst fragmentarische Komposition unterscheiden das Novecento vom bis dato bekannten Eklektizismus. Fenster, Nischen, Paneele und andere Gliederungen der Fassade erscheinen als exakt und scharf herausgeschnittene Formen. Die Fassaden weisen zwar vertraute klassizistische Dekorationen auf, diese sind jedoch stark abstrahiert. In der Wachstumsphase Asmaras entstanden Ende der 1930er Jahre einige typische Gebäude mit Stilmerkmalen des Novecento. Am Palazzo Falletta finden sich zum Beispiel die Bauform der mittelalterlichen Burg und die Fassadengliederungen des Klassizismus wieder. Im Fall des Palazzo Gheresadik wurde die umgebende Bebauung aus den Arkaden und Bogenfenstern des Marktes und der Moschee adaptiert.

Über die Ausstellung „Exposition Internationale des Arts Décoratifs" 1925 in Paris fand der Art déco seine Verbreitung, eine gestalterische Verbindung von eleganten, oft geometrischen Formen, neuen Werkstoffen, leuchtenden Farben und sinnlichen Themen. Nach dem überladenen Jugendstil entsprach der Art déco mit seiner klaren, linearen, funktionalen Gestaltung dem Geist der Moderne. Eines der elegantesten Gebäude Asmaras im Stil des Art déco und ein zugleich außergewöhnliches Beispiel für die Kinoarchitektur der 1930er Jahre ist das Cinema Impero mit seinem schwungvoll geformten Zuschauerrang und dem

and Futurismo – to name only the most important trends – existed alongside one another and contributed to the capital's appearance.

A group of young architects from Milan developed the architecture of the Novecento after the end of the First World War. Influenced by emerging Fascism, this – also as an affirmation of national identity – represented a renewed reference to the formal vocabulary of Italian Classicism. Asymmetric construction and a consciously fragmentary composition distinguish the Novecento from the previously prevalent eclecticism. Windows, niches, panels and other divisions of the façade appear as precise, clearly chiselled shapes. The façades have familiar Classicist decorations, certainly, but these are much abstracted. Some typical buildings displaying the stylistic features of the Novecento were erected during Asmara's phase of growth at the end of the 1930s. At the Pallazzo Falletta, for example, it is possible to find the basic architectural form of a mediaeval castle, but the façade division of Classicism. In the case of the Palazzo Gheresadik, the surrounding architectural forms from the arcades and arched windows of the market place and mosque were adapted.

Art déco was propagated by the 1925 exhibition "Exposition Internationale des Arts Décoratifs" in Paris; a combination of elegant, often geometric forms, new materials, luminous colours and sensual themes. After art nouveau and its excessive decoration, art déco with its clear, linear, functional design corresponded to the spirit of Modernism. The Cinema Impero is one of the most elegant buildings in Asmara; an unusual example of the cinema architecture of the 1930s, it is typical Art déco. The dress circle was constructed as a sweeping, organic form, while by contrast, the décor of the external façade adopts elements of technical aesthetics.

At the time of Asmara's greatest expansion, from the mid thirties onwards, the young Italian architects faced a wealth

al vocabolario formale del classico italiano in un nuovo riferimento, anche come professione di identità nazionale. Una struttura asimmetrica e una composizione consapevolmente frammentaria distinguono il Novecento dall'Eclettismo. Finestre, nicchie, pannelli e altre articolazioni appaiono come forme ritagliate in modo esatto e nitido nelle facciate. Queste ultime mostrano certamente decorazioni classiciste famigliari, che sono però fortemente astrattizzate. Nella fase di crescita di Asmara, alla fine degli Anni Trenta, sorsero diversi edifici tipici del Novecento. Nel Palazzo Falletta, per esempio, si ritrovano la forma della rocca medioevale insieme all'articolazione delle facciate del classicismo. Nel caso del Palazzo Gheresadik è stata adattata l'edificazione circostante dalle arcate e delle finestre centinate del mercato e della moschea.

Attraverso l'Exposition Internationale des Arts Décoratifs 1925 a Parigi si diffuse l'Art Decó, un collegamento creativo di forme eleganti e spesso geometriche, di nuovi materiali, di colori luminosi e di temi sensoriali. Dopo il Liberty sovraccarico l'Art Decó, con la sua configurazione chiara, lineare e funzionale, corrispondeva allo spirito del moderno. Uno degli edifici più eleganti di Asmara nello stile dell'Art Recò e allo stesso tempo un esempio insolito per l'architettura delle sale cinematografiche degli Anni Trenta è il Cinema Impero. La galleria all'interno ha una forma organica piena di slancio. Filari di colonne, incoronate da teste di leone, separano la platea dallo schermo. Le pareti sono decorate da motivi in stucco con scene africane, danzatori, palme ed antilopi. La facciata esterna invece accoglie nel suo decoro elementi di estetica tecnica.

Nel momento della più grande crescita di Asmara, dalla metà degli Anni Trenta, i giovani architetti italiani si videro confrontati con una grande quantità di compiti costruttivi molto vasti. Attraverso il Razionalismo, il "nuovo modo di costruire", cercarono del tutto consapevolmente di staccarsi

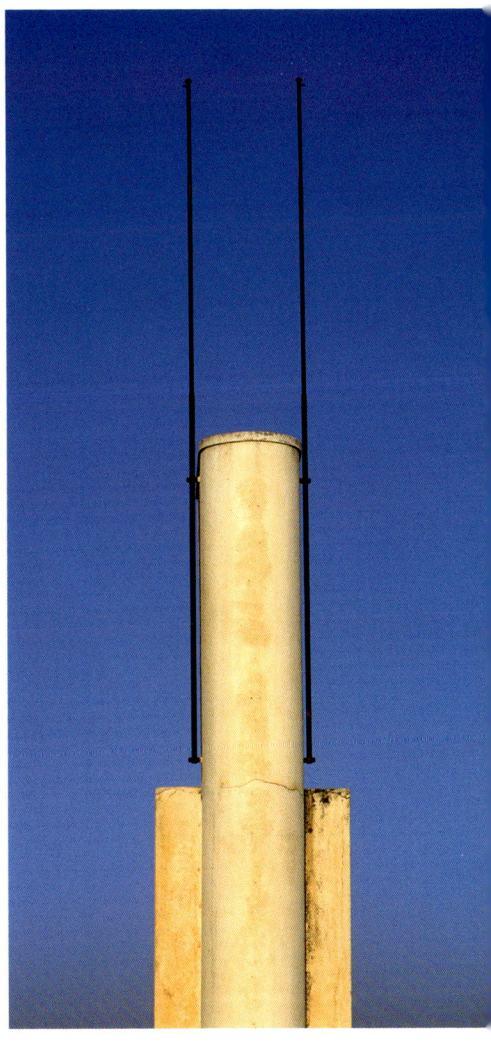

an technischer Ästhetik orientierten Dekor der Außenfassade.

Zur Zeit des größten Wachstums Asmaras ab Mitte der 1930er Jahre sahen sich die jungen italienischen Architekten vor einer Fülle von neuen, sehr umfangreichen Bauaufgaben. Durch den Razionalismo, das Neue Bauen, versuchten sie sich bewusst von der Tradition der klassischen italienischen Bauweise, wie sie im Novecento und von den Traditionalisten der Scuola Romana gepflegt wurde, aber auch von der lokalen afrikanischen Architektur zu lösen. Der Razionalismo, die 1927 in Mailand entstandene italienische Variante der avantgardistischen modernen Architektur, verband ein vor allem in seinem Raumverständnis neues künstlerisches Konzept mit der Anwendung aktueller wissenschaftlicher Erkenntnisse, unter anderem hinsichtlich Technik und Hygiene. Architektur sollte von der Analyse ihrer Funktionen, ihrem alltäglichen Gebrauch her entwickelt werden. Die Formensprache bezog sich dabei auf geometrische Grundelemente wie Kugel, Quader, Zylinder, Würfel oder Pyramide. In Asmara finden sich viele Gebäude, die dieser architektonischen Grundhaltung folgen, etwa der Palazzo Mutton oder das City Sanitation Office.

Eine der radikalsten künstlerischen Positionen bezog der Futurismo mit seiner euphorischen Feier der von moderner Industrie und Technik hervorgebrachten Veränderungen. Die Geschwindigkeit maschinengetriebener Fahrzeuge, Gewalt, Zerstörung und Krieg wurden als Traditionsbruch verherrlicht. In der Architektur entfalteten vor allem die Entwürfe von Antonio Sant'Elia eine über Italien hinausgehende Wirkung. Sie widmeten sich Fabriken und Wohnhochhäusern, deren Formensprache direkt aus der Welt der Maschinen entwickelt ist. Von den Einflüssen dieser Bewegung zeugen in Asmara die 1938 gebaute Fiat-Tagliero-Tankstelle von Giuseppe Pettazzi und die Agip-Tankstelle von Carlo Marchi und Carlo Montalbetti. Beide symbolisieren das innovative

of new, large-scale building assignments. Through Razionalismo – the New Building – they made a conscious attempt to distance themselves from the tradition of classical Italian architecture as it had been cultivated in the Novecento and by the traditionalists of the Scuola Romana, but also from the local African structures. Razionalismo – the Italian variant of avant-garde, modernist architecture, which had emerged in Milan in 1927 – combined a new artistic concept, particularly in its understanding of space, with current science, applying new insights in the fields of technology and hygiene. Architecture was to be developed from an analysis of its functions and everyday use. The formal language employed referred to basic geometric elements such as the ball, squared stone, cylinder, cube or pyramid. In Asmara, there are a large number of buildings following this fundamental architectural approach: notable are the Palazzo Mutton or the City Sanitation Office.

Futurismo, with its euphoric references to the changes brought about by modern industry and technology, adopted one of the most radical artistic standpoints. As a break with tradition, the speed of motorised vehicles, violence, destruction and war were glorified. In architecture, designs by Antonio Sant'Elia in particular developed an influence extending beyond Italy. His factories and residential high-rise blocks employed a formal language evolved directly from the world of machines. Most impressive indications of this movement's influences in Asmara are the Fiat-Tagliero service station by Giuseppe Pettazzi (1938) and the Agip service station by Carlo Marchi and Carlo Montalbetti. Both also symbolize the innovative self-image of Italian technologies and business concerns in the international context.

Although their design and architectural approaches could hardly have contrasted more, all these tendencies – from Novecento to Futurismo – shared a reference to ancient Rome and sought to call into being a new national style.

sia dalla tradizione del sistema costruttivo italiano classico, come lo coltivavano il Novecento e i tradizionalisti della Scuola Romana, che dall'architettura africana. Il Razionalismo, la variante italiana dell'architettura avanguardistica moderna nata a Milano nel 1927, collegava una concezione artistica nuova, prima di tutto nella sua comprensione dello spazio, con l'uso di conoscenze scientifiche attuali, anche riguardo alla tecnica ed all'igiene. L'architettura si doveva sviluppare dall'analisi delle sue funzioni, dal suo uso quotidiano. In quel contesto il linguaggio formale si riferiva agli elementi geometrici di base, come la sfera, il parallelepipedo, il cilindro, il cubo o la piramide. Ad Asmara si trovano tutta una serie di edifici che seguono questo atteggiamento architettonico: il Palazzo Mutton – originariamente progettato a sei piani – con il suo accavallamento formale di cilindro e cubo fa un effetto modernisticamente scurrile. Degno di citazione è anche il City Sanitation Office come sede amministrativa dell'Azienda Municipale di Smaltimento e Approvvigionamento, in cui nell'entrata direzioni di movimento orizzontale e verticale si collegano in modo di grande effetto con la pensilina circolare.

Il futurismo ricoprì una delle sue posizioni artistiche più radicali con i suoi riferimenti euforici ai mutamenti provocati dall'industria e dalla tecnica moderna. La velocità, i veicoli a motore, la violenza, la distruzione e la guerra venivano glorificati come rottura delle tradizioni. Nell'architettura furono prima di tutto i progetti di Antonio Sant'Elia che dispiegarono un eco che andò oltre i confini dell'Italia. Questi progetti si dedicavano a fabbriche e ad edifici d'abitazione il cui linguaggio formale veniva direttamente sviluppato dal mondo delle macchine. Le più imponenti testimonianze ad Asmara in questo senso sono costituite dalla stazione di servizio Fiat Tagliero, costruita nel 1938 da Giuseppe Pettazzi, e dalla stazione Agip di Carlo Marchi e Carlo Montalbetti. Entrambe simboleggiano anche la coscienza innova-

Selbstverständnis italienischer Technologien und Unternehmen im internationalen Kontext.

Wenn auch die gestalterischen und architektonischen Mittel unterschiedlicher nicht sein konnten, so verband alle diese Strömungen, vom Novecento bis zum Futurismo, der Bezug auf das antike Rom und der Anspruch, einen neuen nationalen Stil ins Leben zu rufen. Mit der Machtergreifung Mussolinis 1922 erhielt das Bedürfnis des Staates nach einem signifikanten Abbild für ein glorreiches Italien eine neue Dimension. Dennoch kam es erst in der zweiten Hälfte der 1930er Jahre in dieser Frage zu einer Entscheidung. Unter Federführung der traditionalistischen Scuola Romana flossen Aspekte der einzelnen Strömungen in den so genannten Monumentalismo ein. Beispiel dieses Wandels in der italienischen Architektur ist in Asmara das Gebäude der Casa del Fascio. Die Straßenfront wurde 1940 als Ergänzung zu dem dahinter liegenden bescheidenen Hauptquartier der faschistischen Partei aus dem Jahr 1928 errichtet – eine Planung, die eher von politisch-demonstrativer Motivation als von praktischer Notwendigkeit zeugt.

Als Experimentierfeld für Planer und Architekten der 30er Jahre zeigt das weltweit wohl größte erhaltene Ensemble moderner Architektur in Asmara die Vielgestaltigkeit der Moderne. Dieses lebendige Museum der Baugeschichte des 20. Jahrhunderts verdeutlicht vor allem eines: „Die Moderne" gibt es nicht. „Modernes" Bauen scheint vielmehr gekennzeichnet durch ein Nebeneinander und gegenseitige Beeinflussung, aber auch durch den Widerstreit unterschiedlicher Strömungen. In den Auseinandersetzungen zwischen den verschiedenen Richtungen spiegeln sich plastisch die intellektuellen und ideologischen Gegensätze, die die Geschichte des letzten Jahrhunderts so tief geprägt haben. Am Beispiel Asmaras wird einmal mehr deutlich, wie sehr diese in Europa wurzelnden Geistesströmungen das Geschick der ganzen Welt beeinflusst haben.

When Mussolini seized power in 1922, the state's aim to find a meaningful image for the glorious new Italy took on a fresh dimension. However, it was only in the second half of the 1930s that a decision was made on this issue. Under the overall control of the traditionalist Scuola Romana, aspects of the individual trends flowed into so-called Monumentalismo. The most graphic example in Asmara of this transformation within Italian architecture is the building of the Casa del Fascio. In 1940, the frontage to the street was erected as an addition to the rather modest headquarters of the Fascist Party (from 1928) that lay behind it – a plan that evidences political-demonstrative motives rather than any practical necessity.

As a field of experiment for the Italian planners and architects of the 1930s, the largest surviving ensemble of modernist architecture worldwide, in Asmara, demonstrates the diversity of Modernism. This living museum of the history of 20th century architecture demonstrates, above all else, that "Modernism" does not exist as such. Far from representing a homogeneous "style", "modern" building is characterised by the adjacency and mutual influence, but also by the clash of diverging trends. The intellectual and ideological conflicts that so deeply moulded the history of the last century are mirrored, in a very plastic way, in the debate between these various architectural trends. Asmara is an example clearly illustrating the extent to which these intellectual trends, although rooted in Europe, influenced the fate of the entire world.

tiva di sé delle tecnologie e degli imprenditori italiani nel contesto internazionale.

Anche se i mezzi artistici e architettonici non avrebbero potuto essere più diversi, c'erano elementi che collegavano tutte queste correnti, dal Novecento al Futurismo. Si tratta del riferimento all'antica Roma e della pretesa di fondare un nuovo stile nazionale. Con la presa del potere di Mussolini nel 1922 il bisogno dello stato di una rappresentazione significante per un'Italia gloriosa ricevette una nuova dimensione. Fu però solo nella seconda metà degli Anni Trenta che si arrivò ad una decisione in questo campo. Sotto la direzione della tradizionalistica Scuola Romana aspetti delle singole correnti confluirono nel cosiddetto Monumentalismo. L'esempio più evidente di questo mutamento è rappresentato ad Asmara dall'edificio della Casa del Fascio. Il fronte sulla strada è stato innalzato nel 1940 a completamento del preesistente quartiere generale del partito fascista, un palazzo piuttosto modesto del 1928, collocato dietro il fronte stesso: un progetto che testimonia più di una motivazione politico-dimostrativa che di una necessità pratica.

Come campo di sperimentazione per gli urbanisti e gli architetti italiani degli Anni Trenta, questo complesso più grosso a livello mondiale di architettura moderna conservata ad Asmara mostra la multiformità del moderno. Questo museo vivente della storia delle costruzioni del 20. secolo evidenzia prima di tutto questo: il „Moderno" non c'è. Ben lungi dal formare uno „stile" unitario, il costruire „moderno" è invece caratterizzato dalla presenza contemporanea, dalle influenze reciproche ma anche dalla contraddizione tra correnti diverse. Nei confronti tra esse si rispecchiano plasticamente i contrasti che hanno caratterizzato così profondamente la storia del secolo scorso. L'esempio di Asmara evidenzia ancora una volta come queste correnti radicate in Europa abbiano influenzato le sorti di tutto il mondo.

Asmara

Wohnhaus · 1937
Apartment building · 1937
Casa d'abitazione · 1937

Selam Hotel · 1937
Rinaldo Borgnino

Cinema Impero · 1937 · Mario Messina

Ministerium für Land-, Wasserwirtschaft und
Umwelt · späte 30er Jahre
Ministry of Land, Water and the Environment ·
late 1930s
Ministero per l'agricoltura, l'economia delle acque
e l'ambiente · tardi Anni Trenta

ሚኒስትሪ መሬት፡ማይን እክባብን
وزارة الأراضي والمياه والبيئة
MINISTRY OF LAND, WATER AND ENVIRONMENT
TEL.118742 116603 FAX:291-1-123285 P.O.BOX:976

||| Palazzo Falletta · 1937–38 · Giuseppe Cano, Carlo Marchi, Aldo Burzagli

FLY
Alitalia
ITALY'S ~~ ~~RLINE

SAUDI ARABIAN AIRLINES
الخطوط الجوية العربية السعودية

Wohnhaus · 1937
Apartment building · 1937
Casa d'abitazione · 1937

IRGA-Fabrik
IRGA factory
Fabbrica IRGA

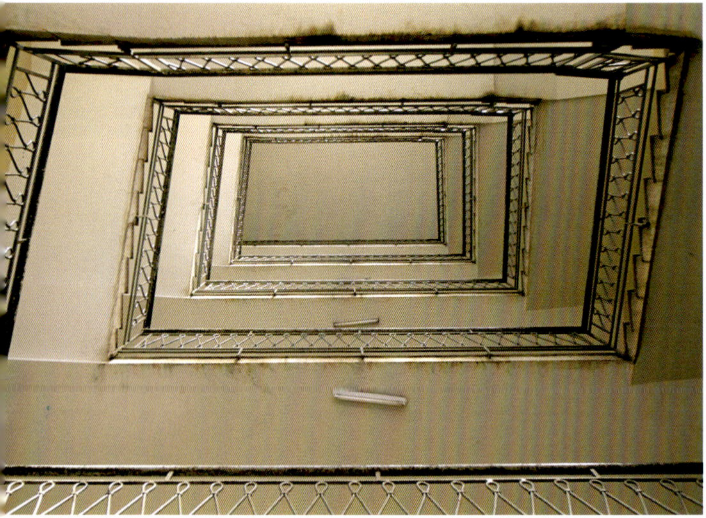

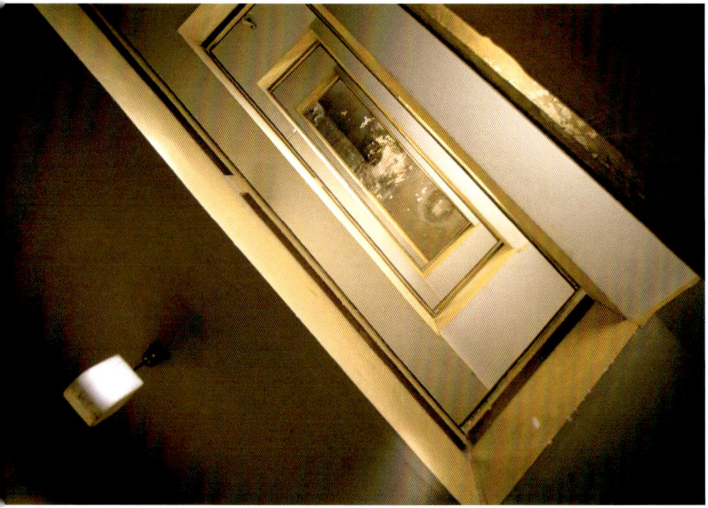

41

Warenhaus Spinelli · späte 30er Jahre
Spinelli store · late 1930s
Grande Magazzino Spinelli · tardi Anni Trenta

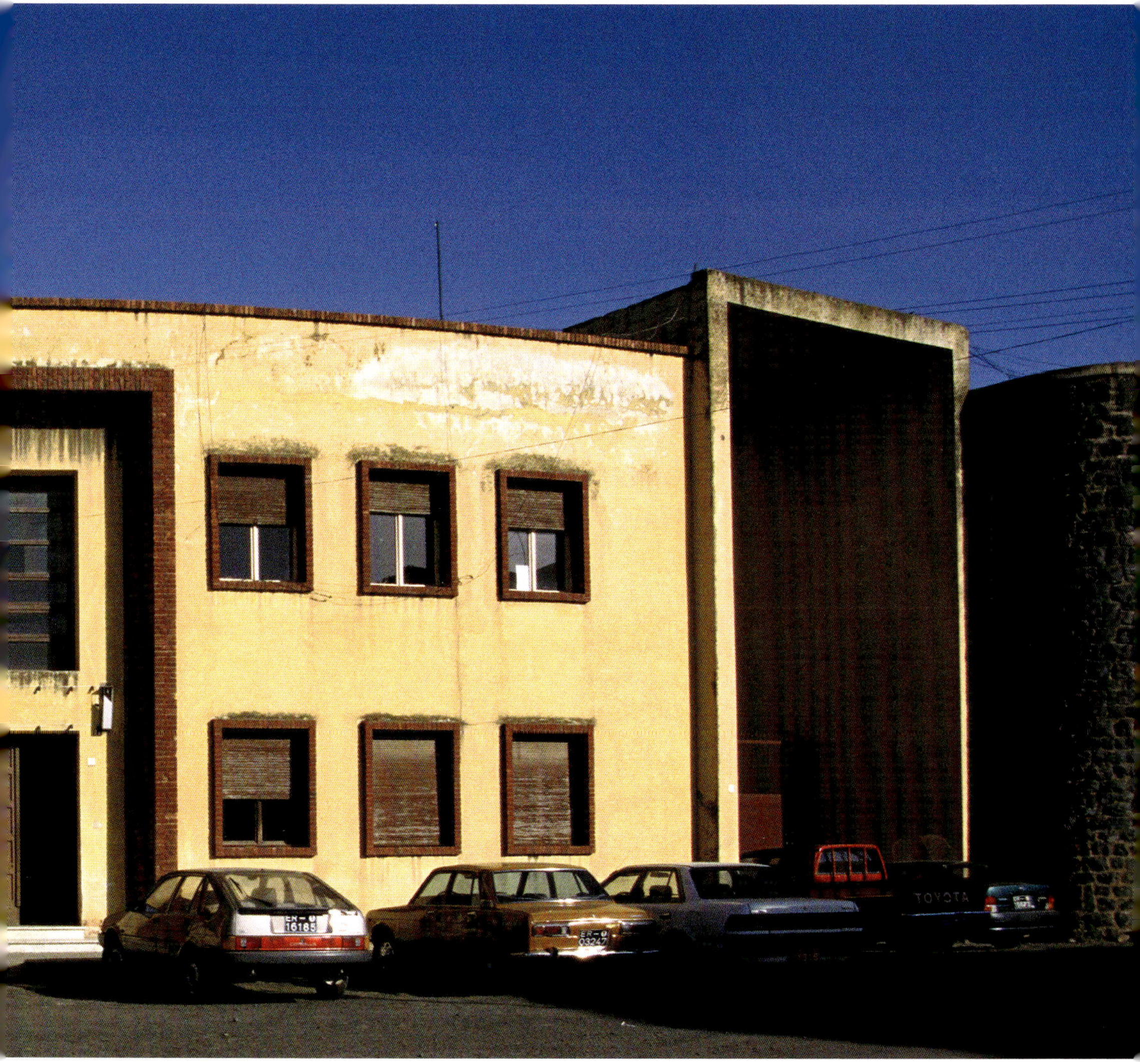
TOYOTA

Warenhaus Spinelli · späte 30er Jahre
Spinelli store · late 1930s
Grande Magazzino Spinelli · tardi Anni Trenta

Sportstadion · 1938
Stadium · 1938
Stadio · 1938

| Brauerei
| Brewery
| Fabbrica di birra

Red Sea Pension · 1939

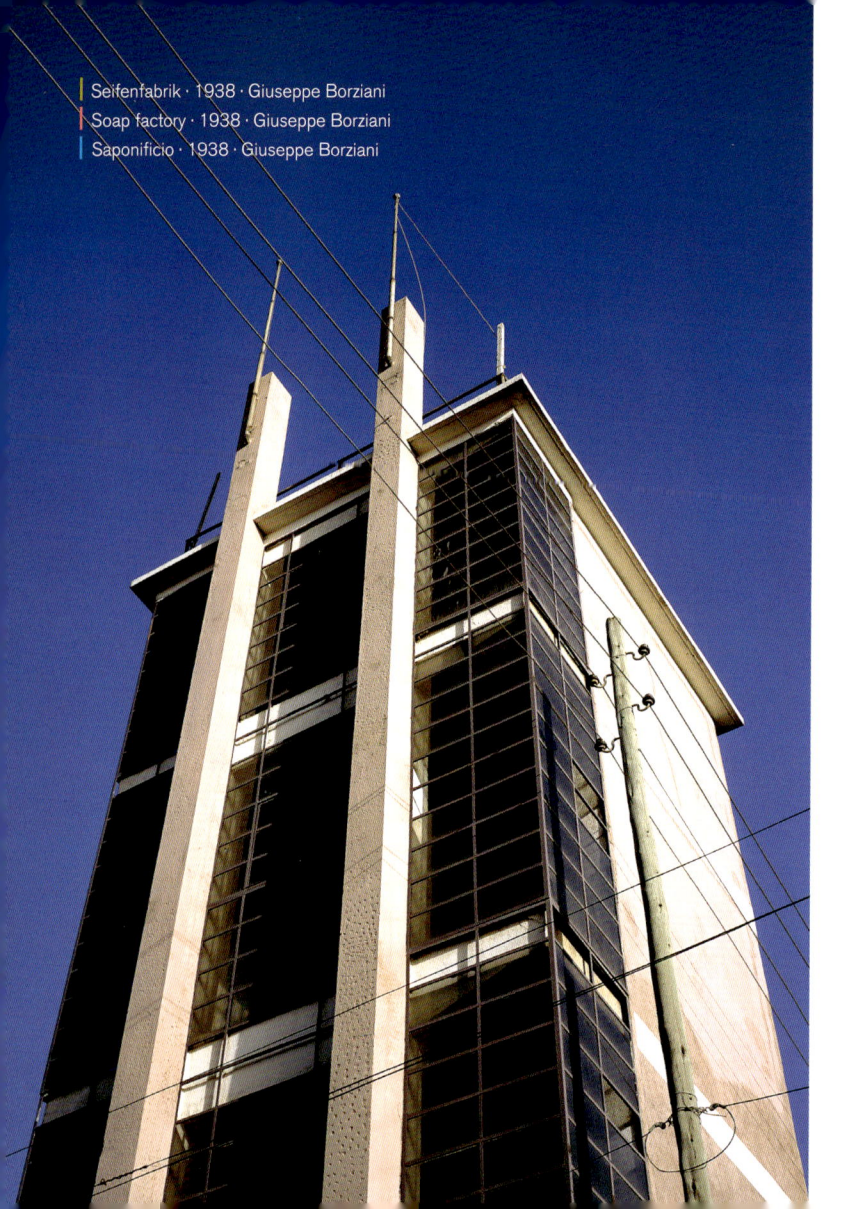

| Seifenfabrik · 1938 · Giuseppe Borziani
| Soap factory · 1938 · Giuseppe Borziani
| Saponificio · 1938 · Giuseppe Borziani

▶ | Wein- und Likörfabrik
| Wine and liquor factory
| Liquorificio, vinificio

▶ ||| Garage · 1938

49

Mai Jah Jah · 1938

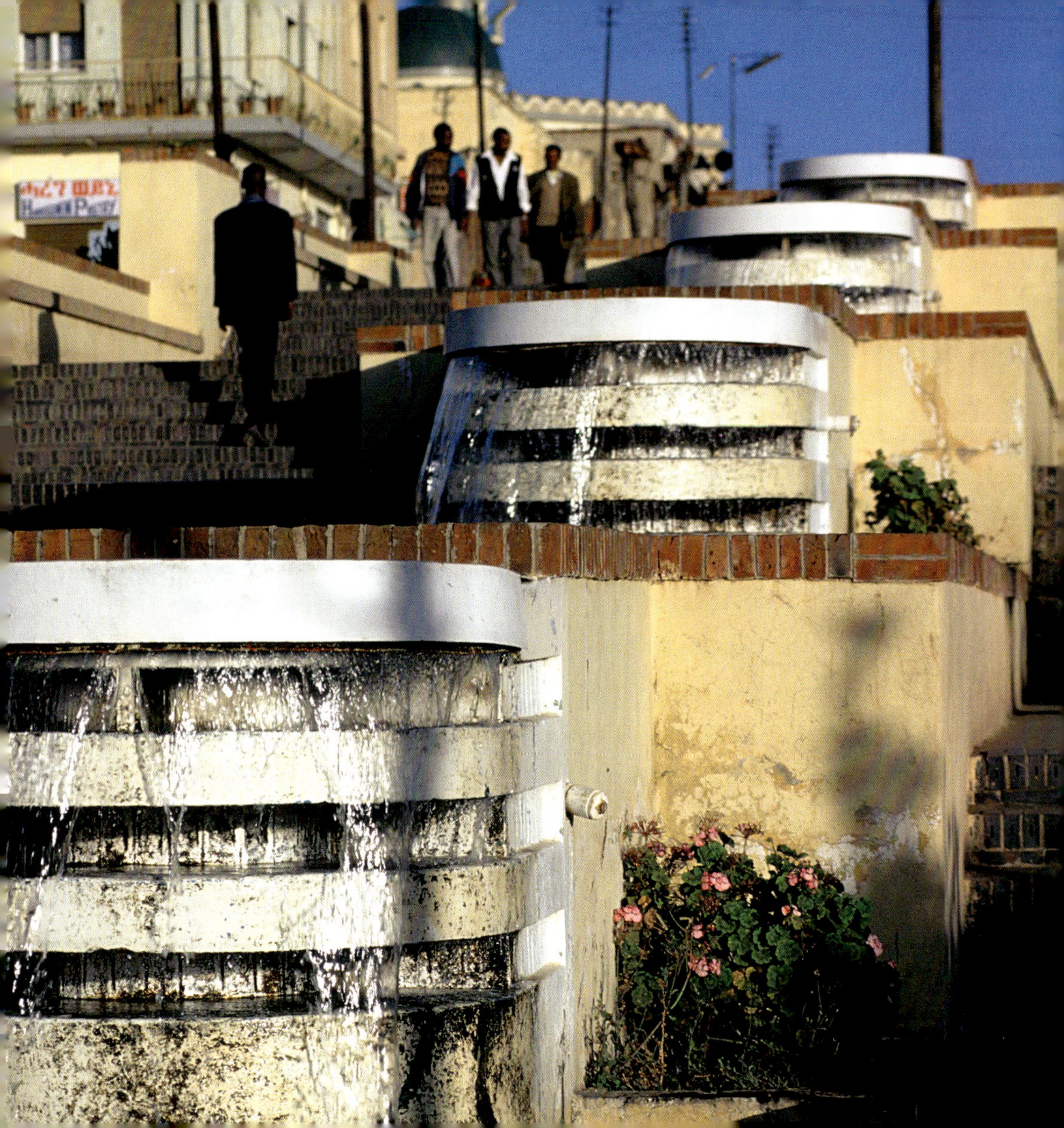

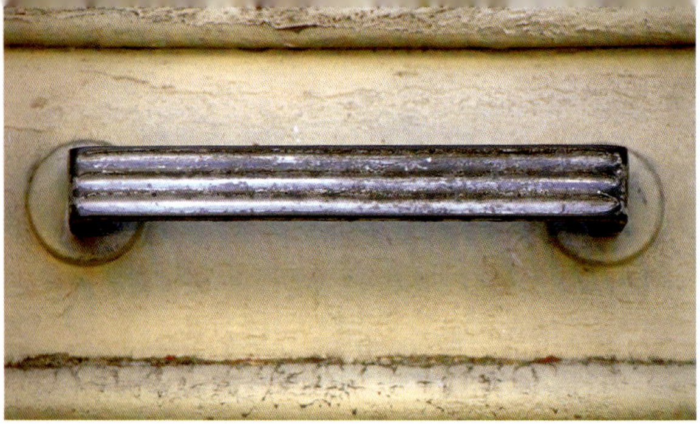
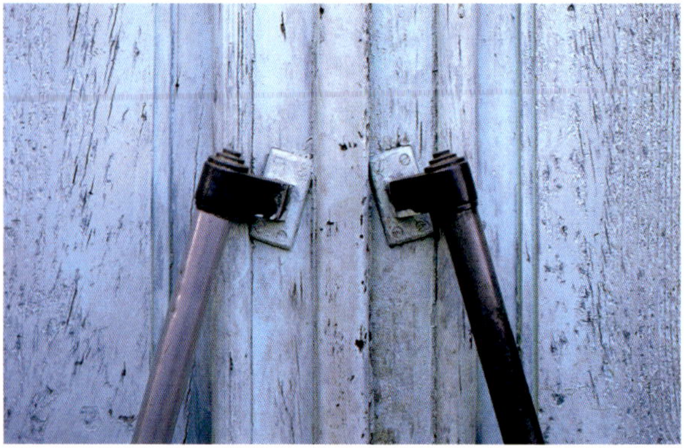
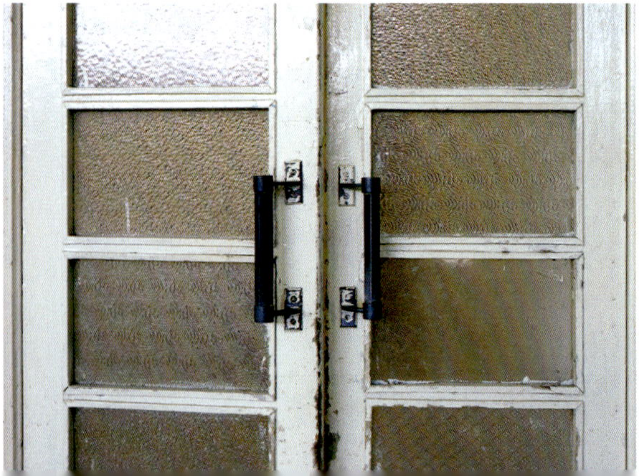

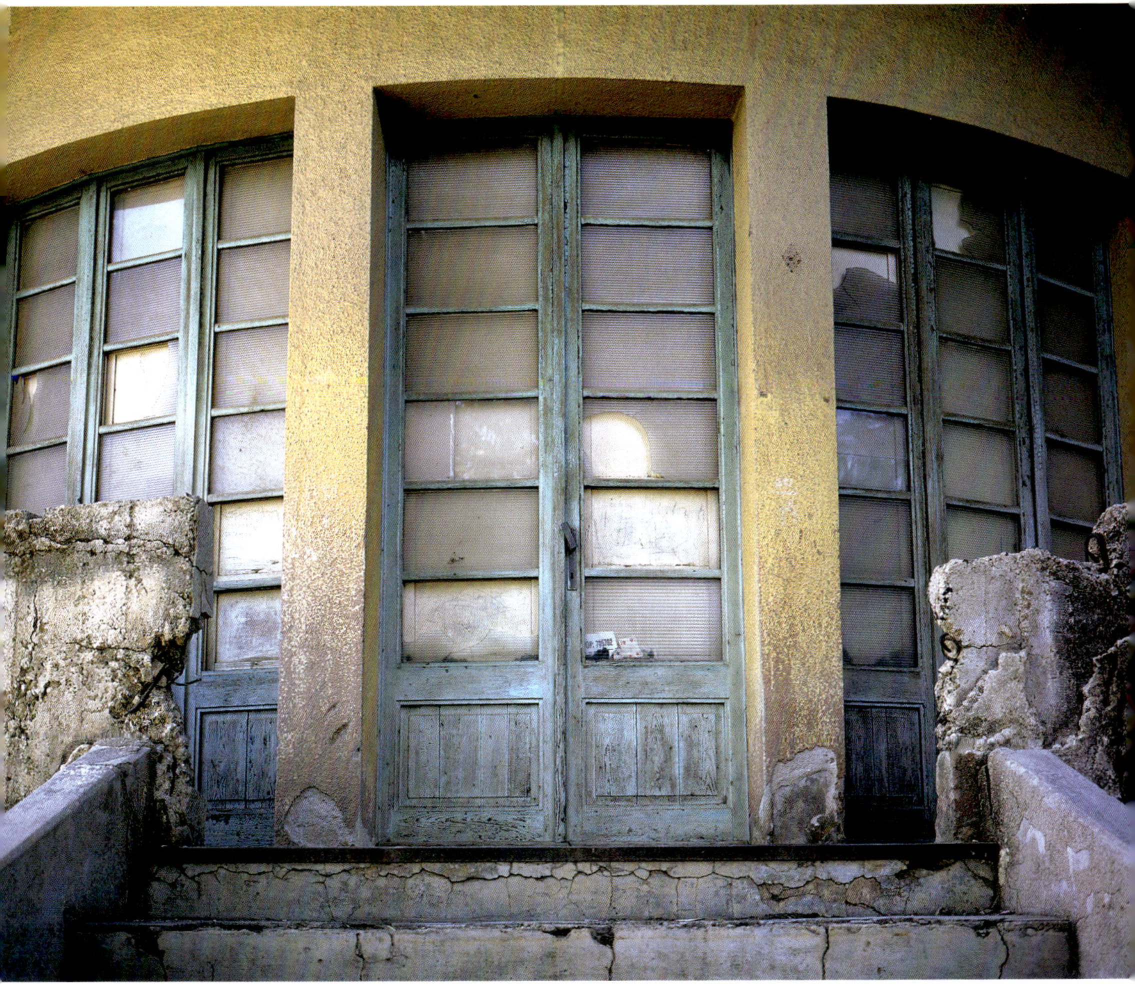

Wohn- und Geschäftshaus · 1942 · Bruno Sclafani
Shop and apartment building · 1942 · Bruno Sclafani
Casa d'abitazione e negozi · 1942 · Bruno Sclafani

Wohn- und Geschäftshaus · 1938 · Carlo Marchi
Shop and apartment building · 1938 · Carlo Marchi
Casa d'abitazione e negozi · 1938 · Carlo Marchi

Bar Zilli · späte 30er Jahre
Bar Zilli · late 1930s
Bar Zilli · tardi Anni Trenta

British and American Tobacco Group · 1938

| Orthodoxe Kathedrale Enda Mariam · 1938–39
| Enda Mariam Orthodox Cathedral · 1938–39
| Cattedrale ortodossa Enda Mariam · 1938–39

Große Moschee · 1937–38
Grand Mosque · 1937–38
Grande moschea · 1937–38

Wohnhaus
Apartment building
Casa d'abitazione

Wohnhaus · 1937
Apartment building · 1937
Casa d'abitazione · 1937

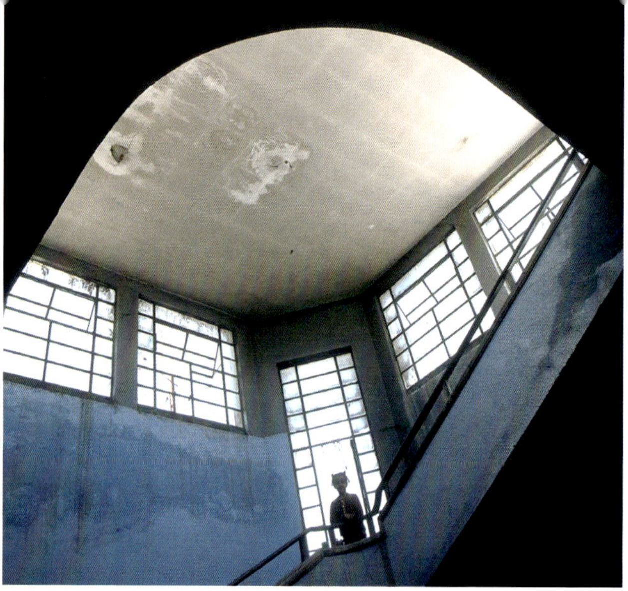

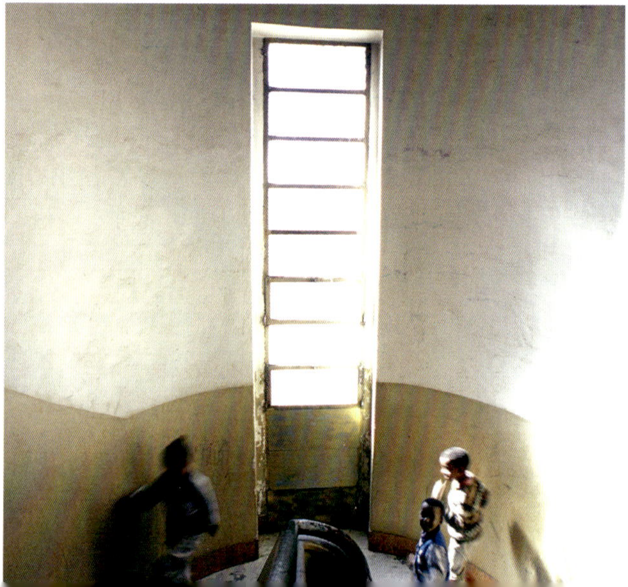

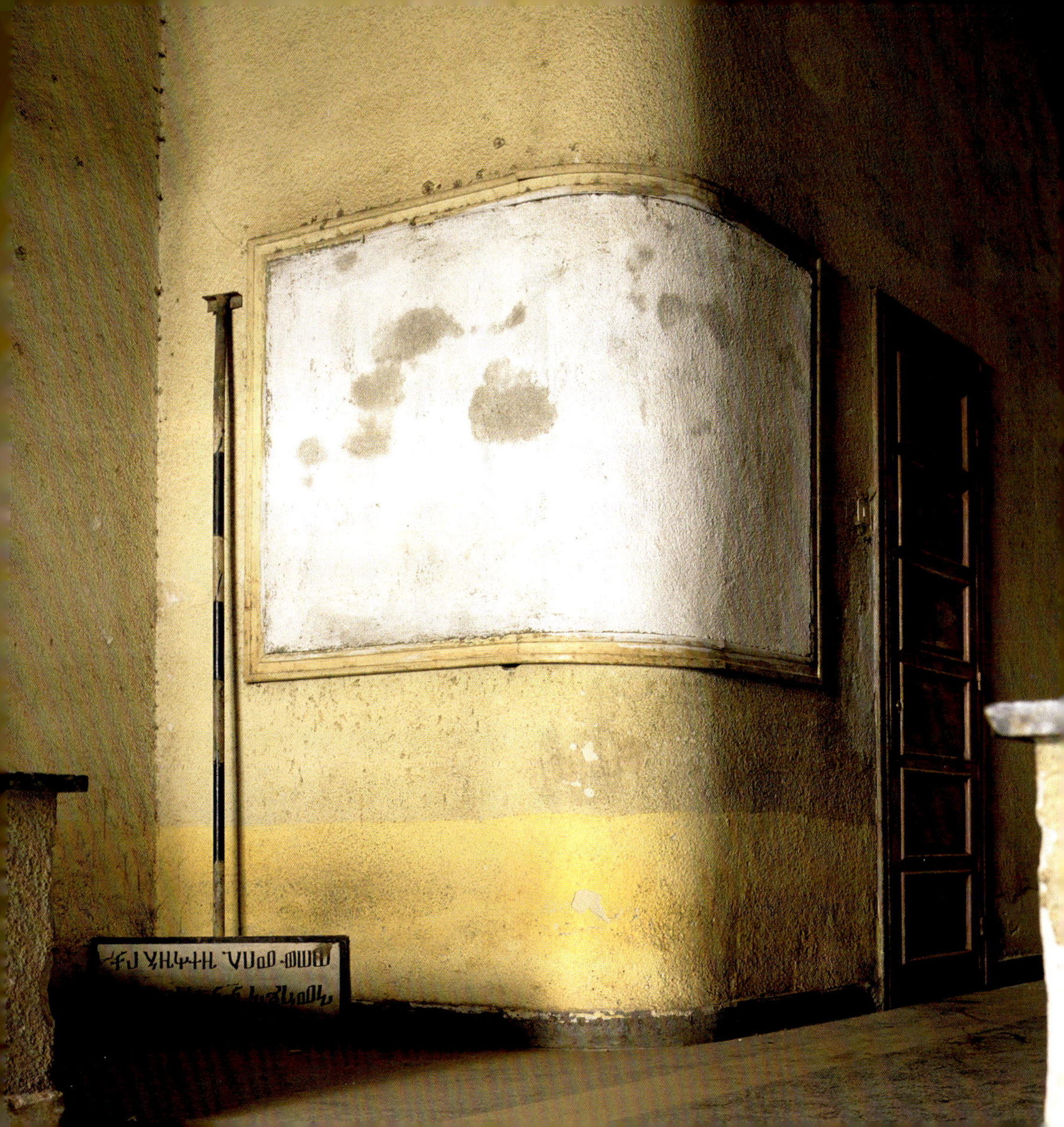

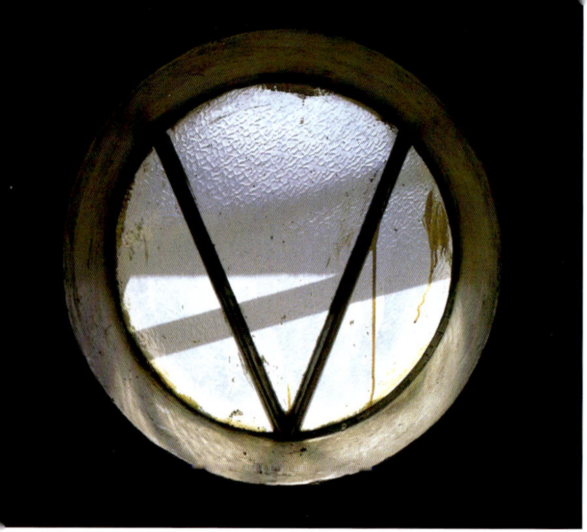
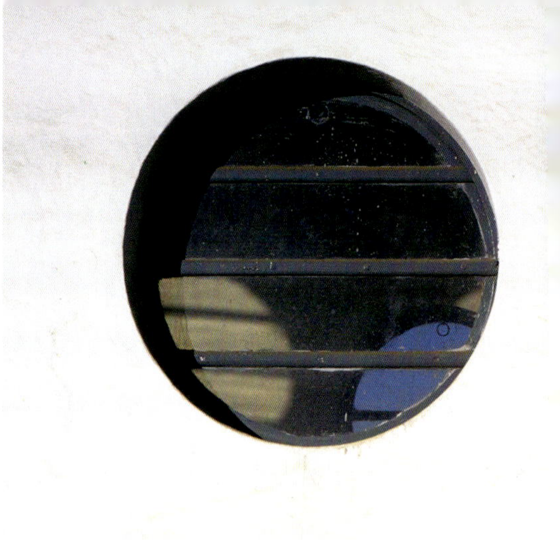
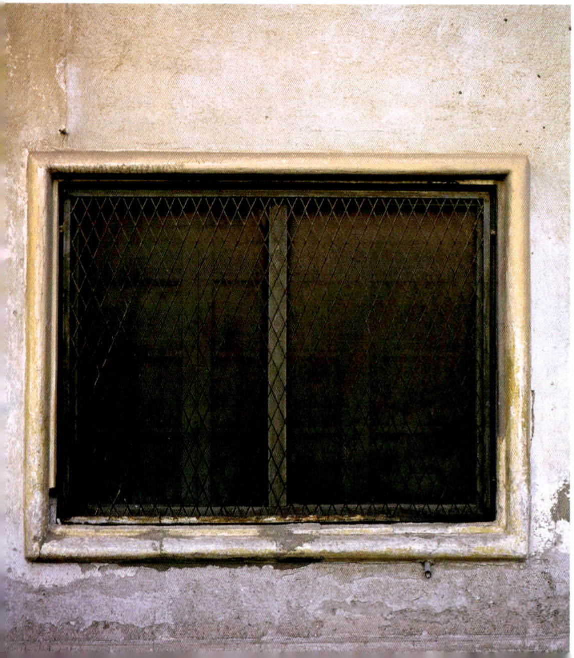
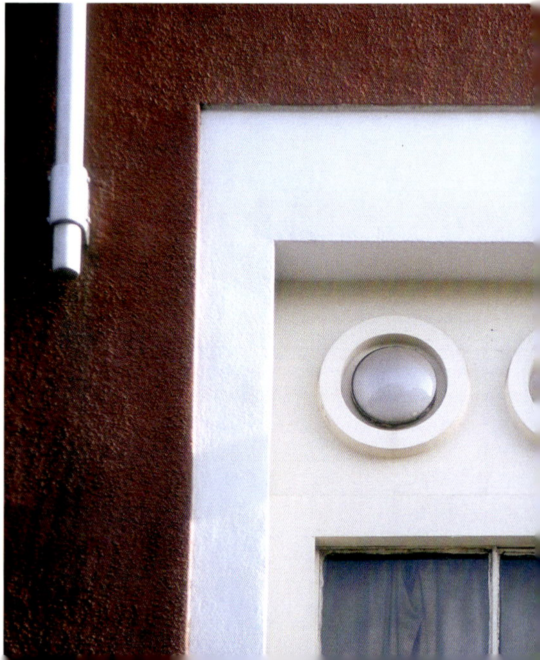

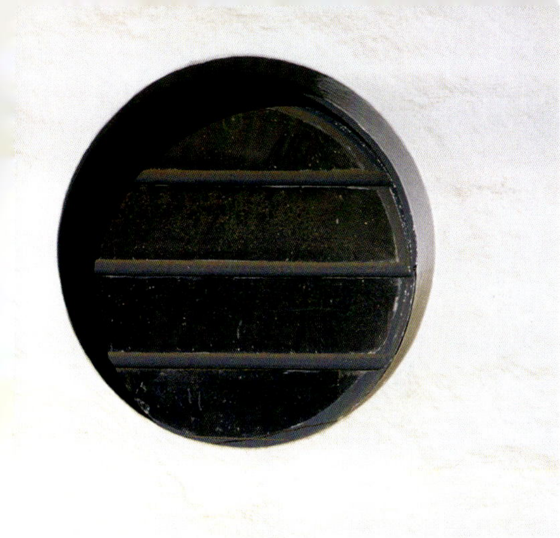

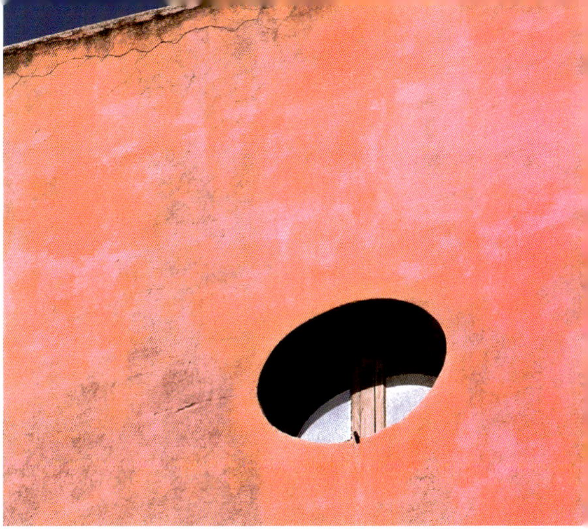

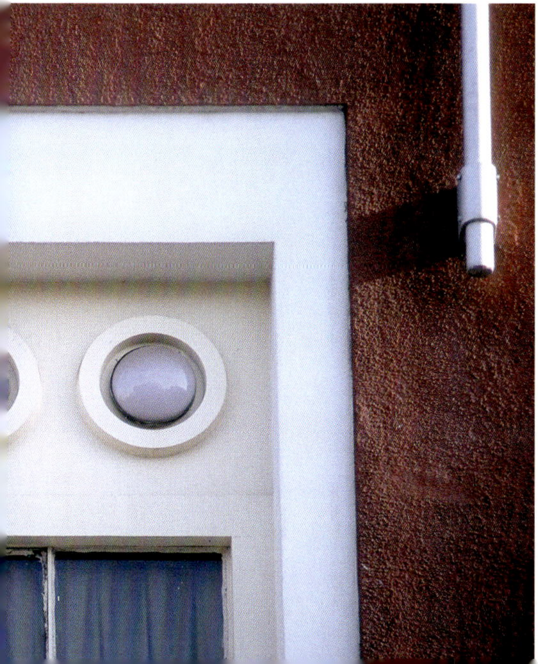

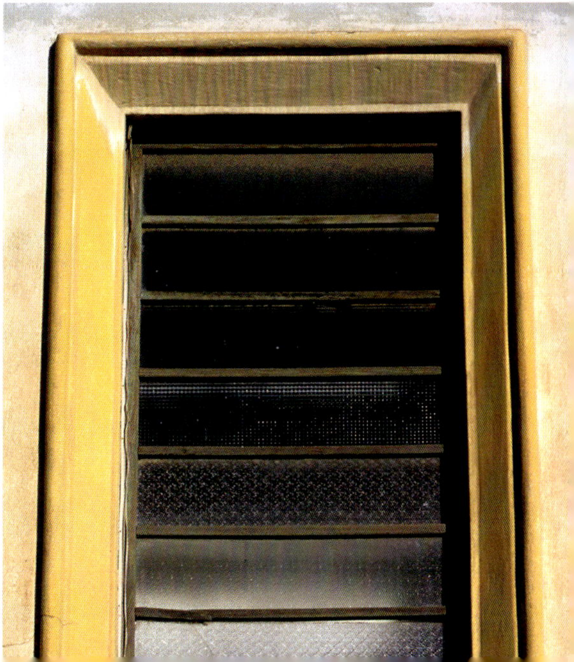

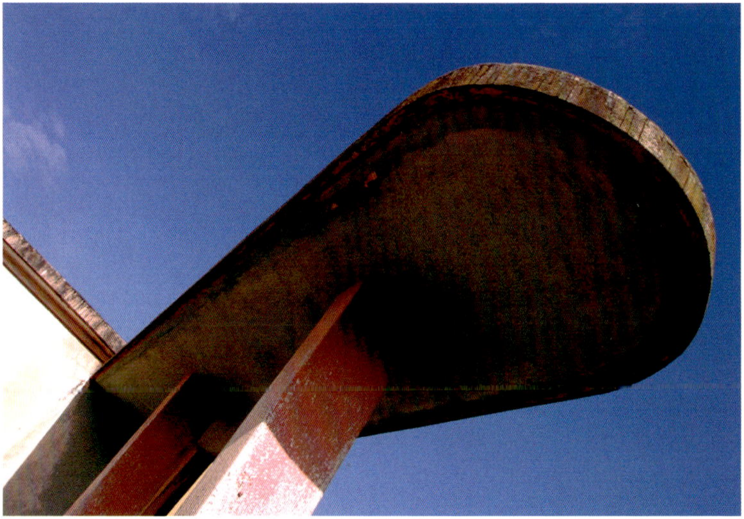

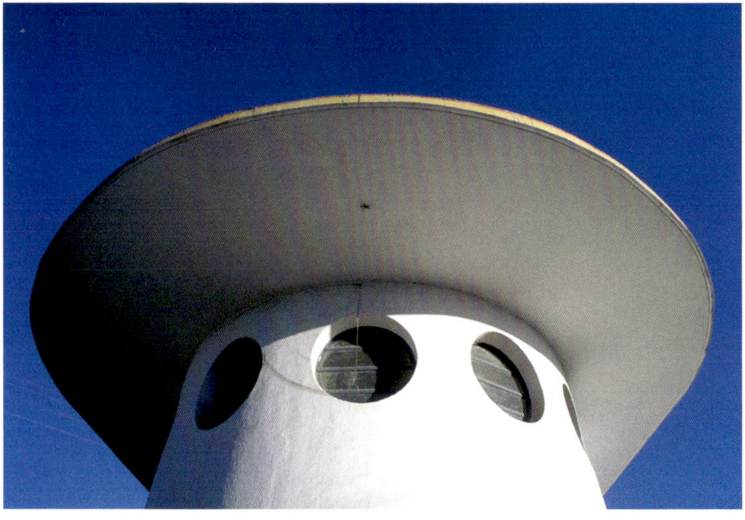

Werkstatt und Tankstelle · 1938 · Giuseppe Pettazzi
Garage and service station · 1938 · Giuseppe Pettazzi
Officina e stazione di servizio · 1938 · Giuseppe Pettazzi

Tankstelle · 1937 · Carlo Marchi und Carlo Montalbetti
Service station · 1937 · Carlo Marchi and Carlo Montalbetti
Stazione di servizio · 1937 · Carlo Marchi e Carlo Montalbetti

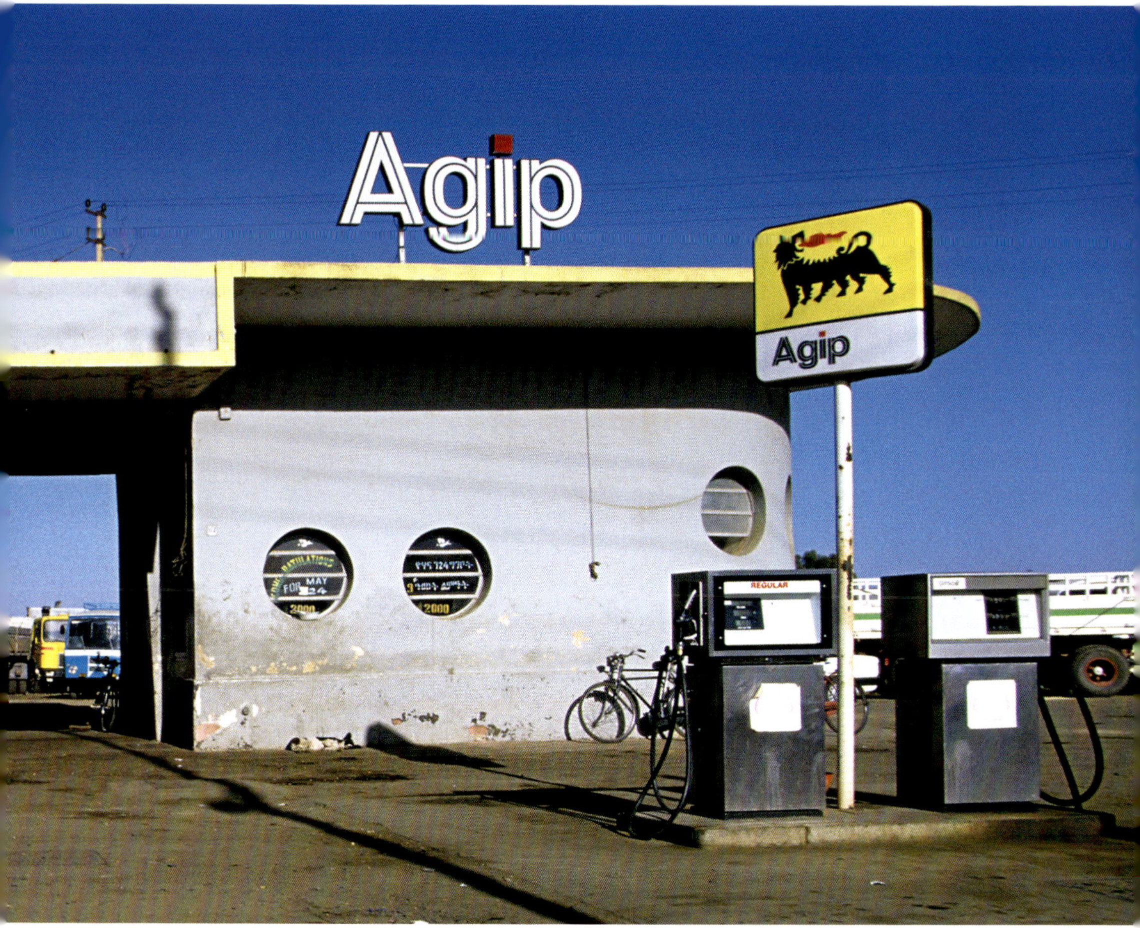
Agip
Agip
REGULAR

Fabrik · 1938
Factory · 1938
Fabbrica · 1938

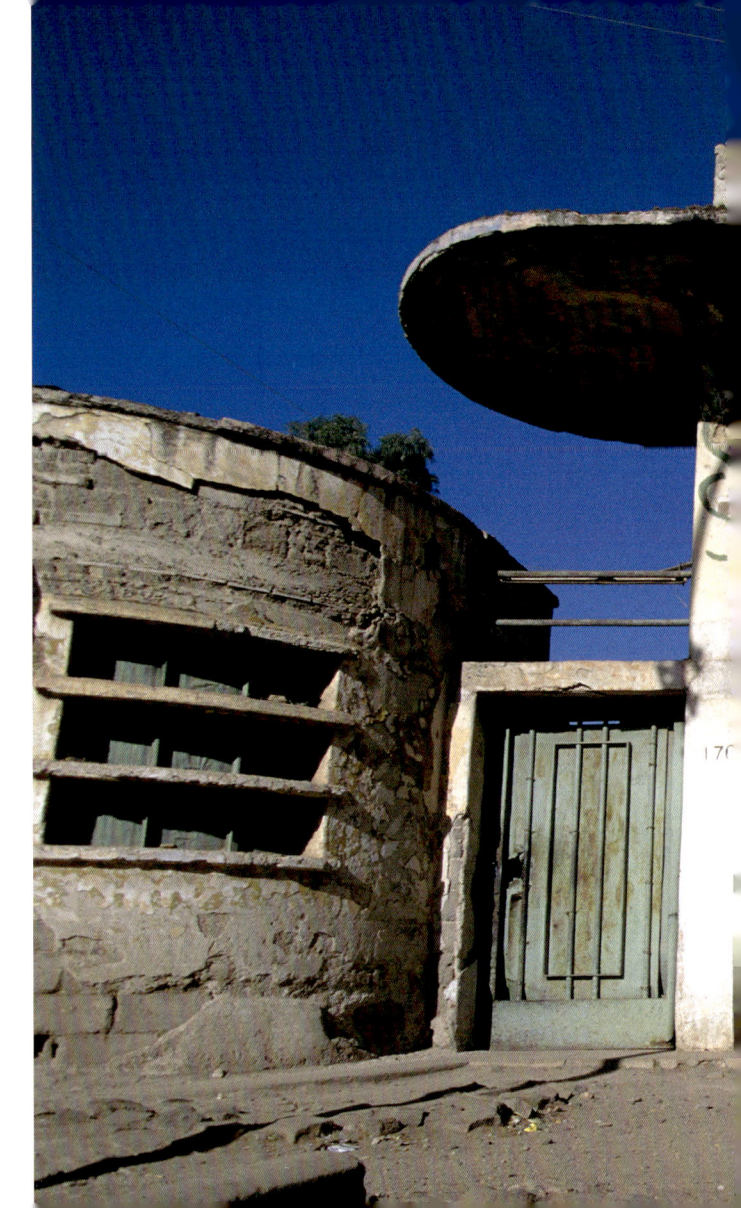

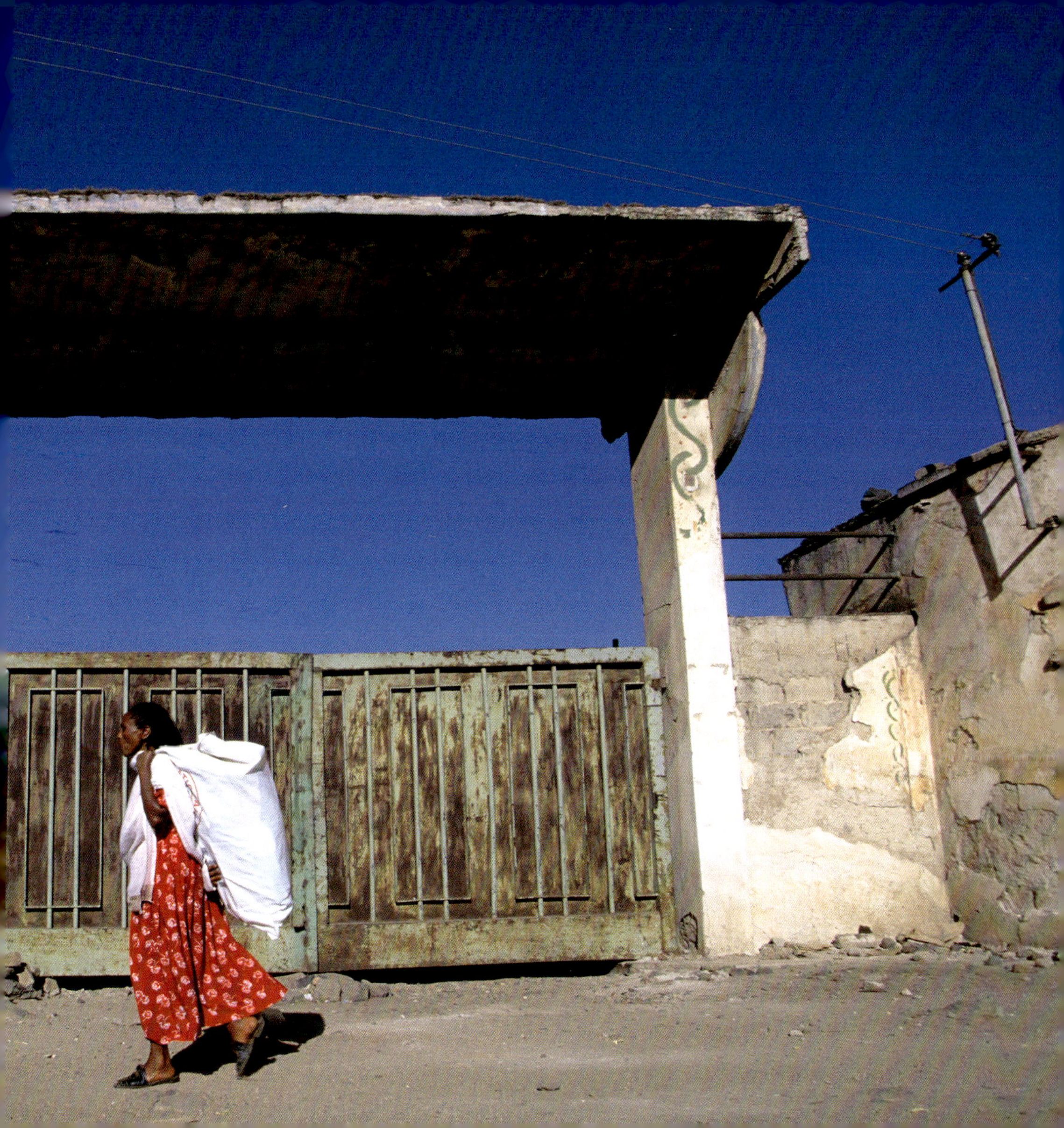

Wohnhaus · 1938
Lucio Masakili
Apartment building · 1938
Lucio Masakili
Casa d'abitazione · 1938
Lucio Masakili

Siliziumfabrik · 1938
Carlo Marchi und
Carlo Montalbetti
Silicon factory · 1938
Carlo Marchi and
Carlo Montalbetti
Fabbrica di silicio · 1938
Carlo Marchi e
Carlo Montalbetti

Schwimmbad · 1945 · Arturo Mezzedimi
Swimming pool · 1945 · Arturo Mezzedimi
Piscina · 1945 · Arturo Mezzedimi

PISCINA
ASMARA

ASMARA SWIMMING POOL

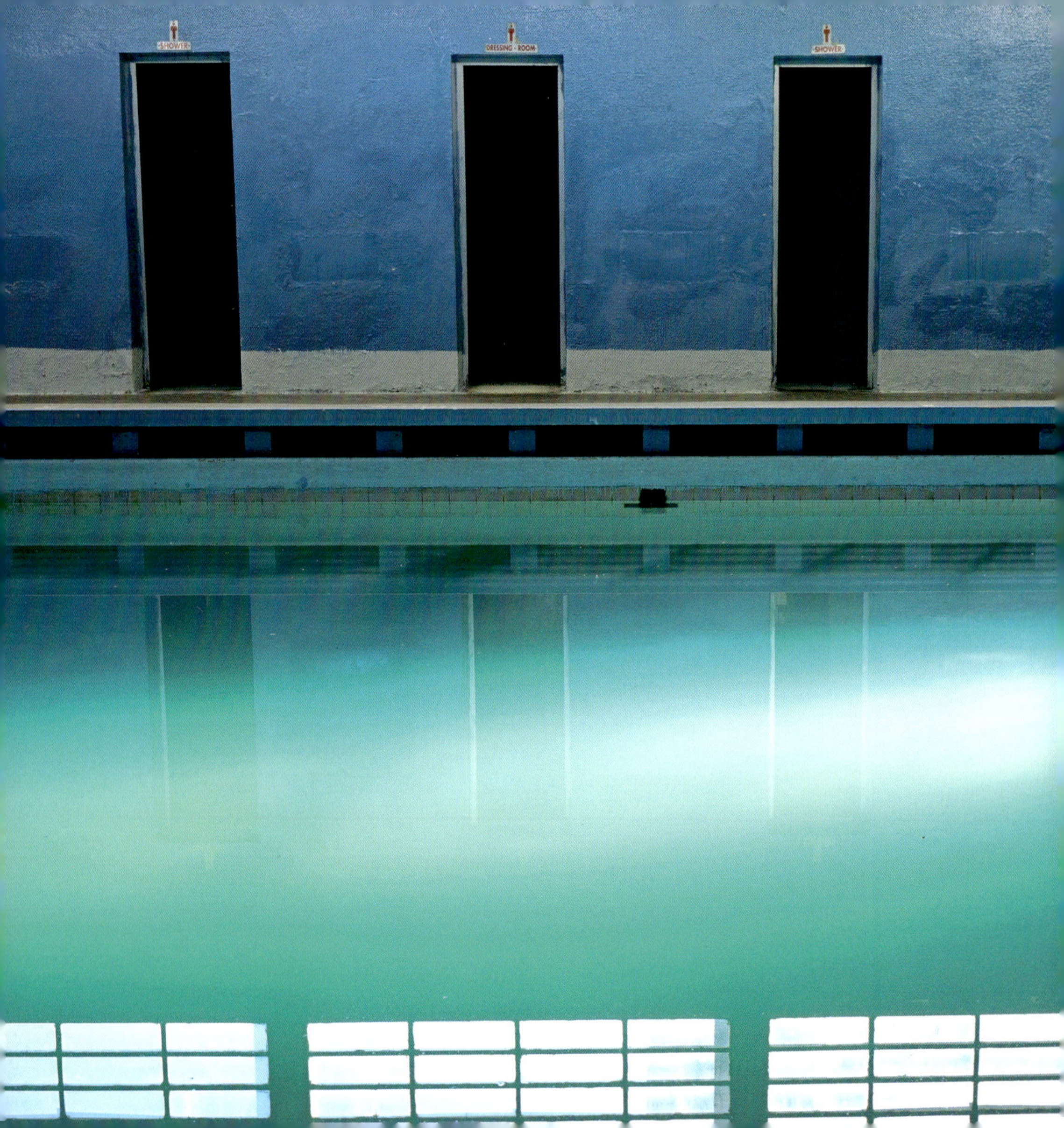
SHOWER
DRESSING · ROOM
SHOWER

77

Schwimmbad · 1945 · Arturo Mezzedimi
Swimming pool · 1945 · Arturo Mezzedimi
Piscina · 1945 · Arturo Mezzedimi

Kino Capitol · 1938 · Ruppert Saviele
Capitol cinema · 1938 · Ruppert Saviele
Cinema Capitol · 1938 · Ruppert Saviele

Kino Capitol · 1938 · Ruppert Saviele
Capitol cinema · 1938 · Ruppert Saviele
Cinema Capitol · 1938 · Ruppert Saviele

ሲኒማ ካፒቶል

Bar Crispi · 1938

Bar Zilli · späte 30er Jahre
Bar Zilli · late 1930s
Bar Zilli · tardi Anni Trenta

Kino Odeon · 1937
Giuseppe Zacche und
Giuseppe Borziani
Odeon cinema · 1937
Giuseppe Zacche and
Giuseppe Borziani
Cinema Odeon · 1937
Giuseppe Zacche e
Giuseppe Borziani

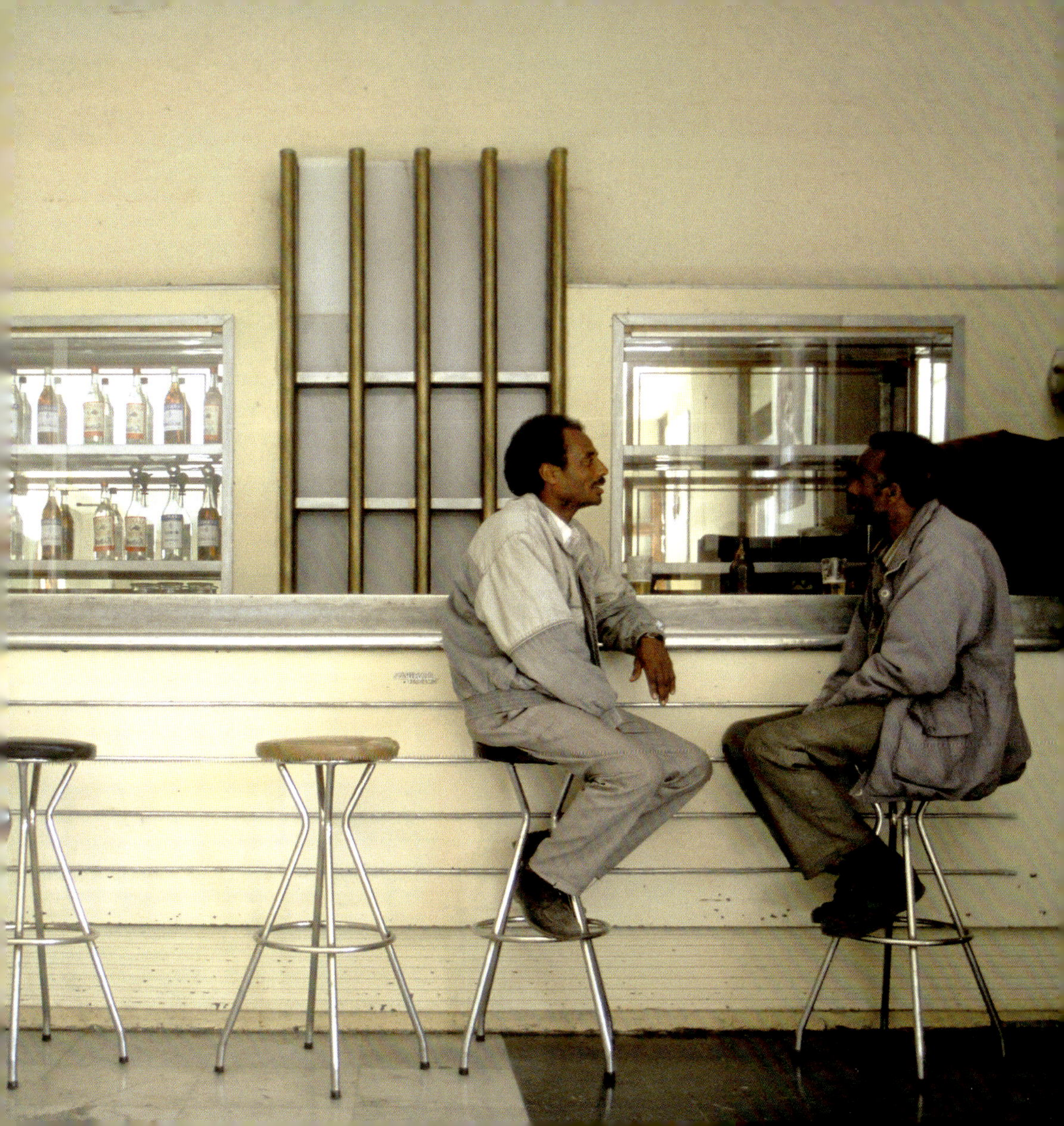

Kino Africa
Africa cinema
Cinema Africa

▶ Kino Odeon · 1937 · Giuseppe Zacche und Giuseppe Borziani
Odeon cinema · 1937 · Giuseppe Zacche and Giuseppe Borziani
Cinema Odeon · 1937 · Giuseppe Zacche e Giuseppe Borziani

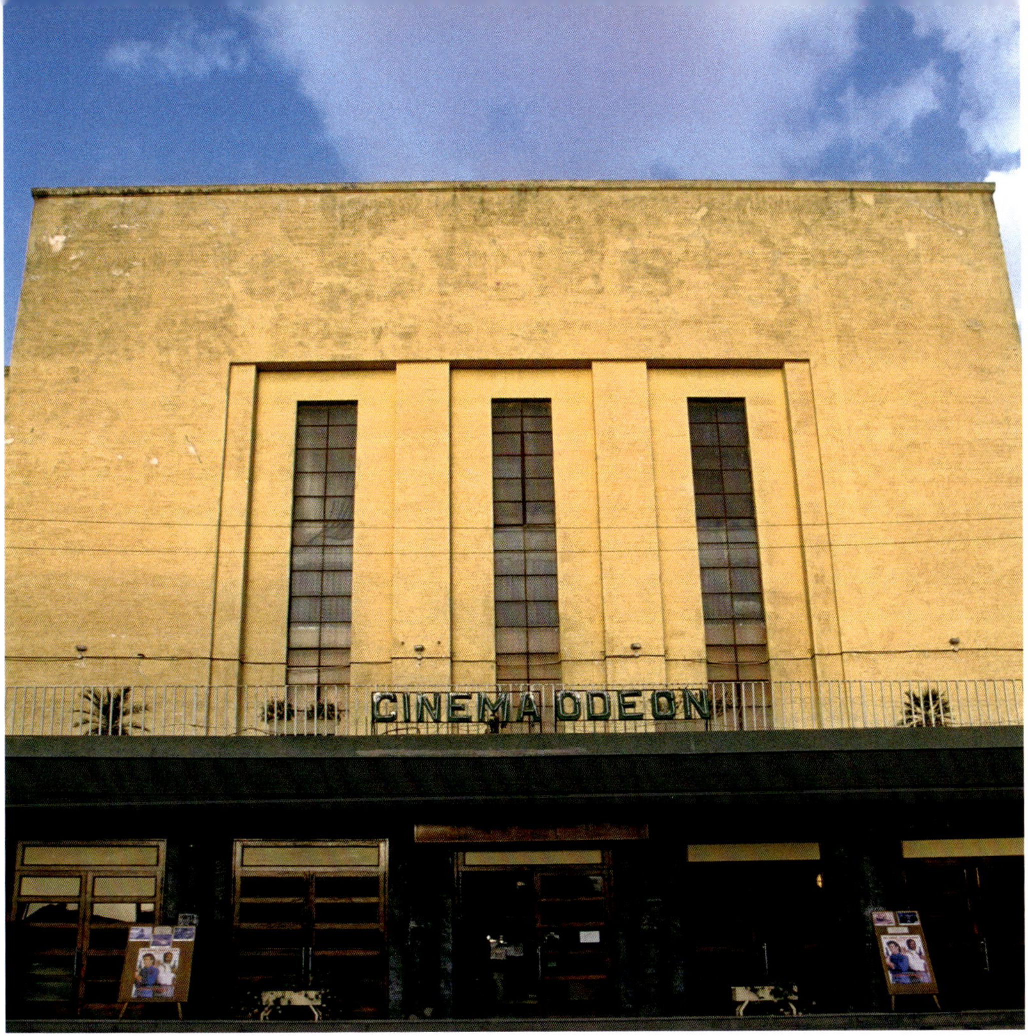
CINEMA ODEON

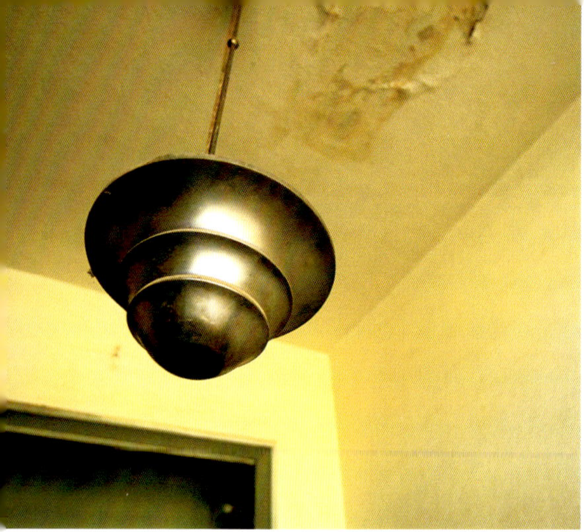

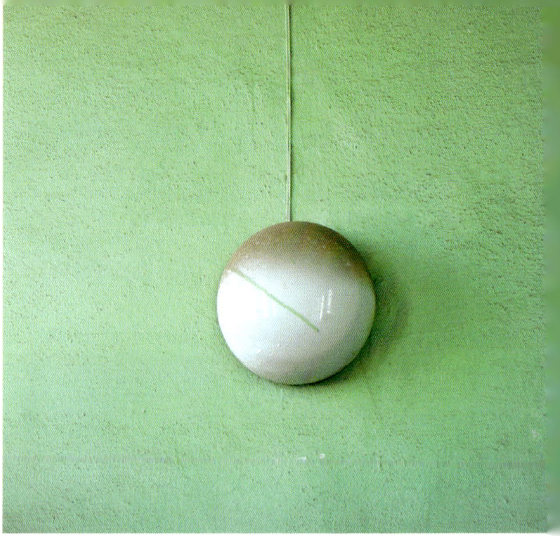

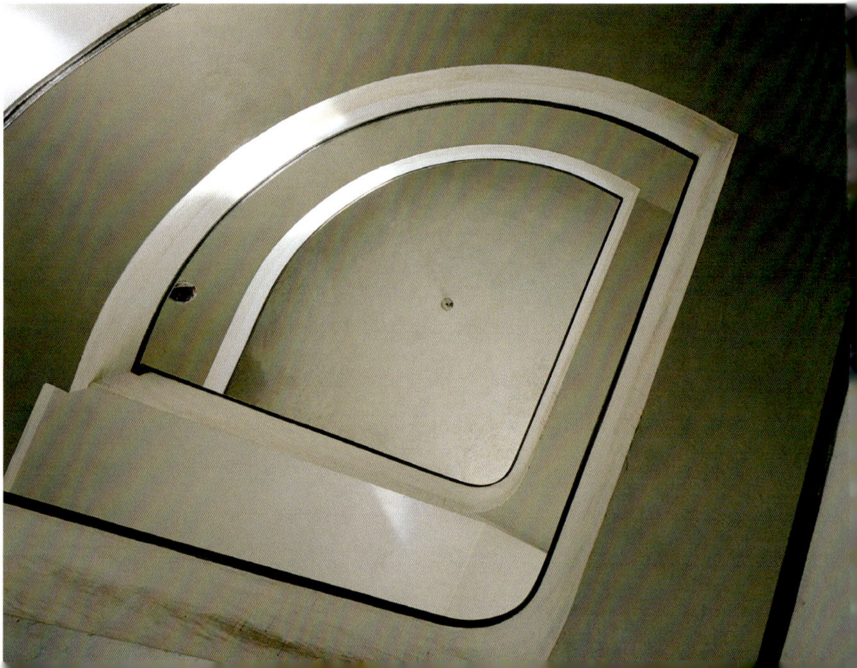

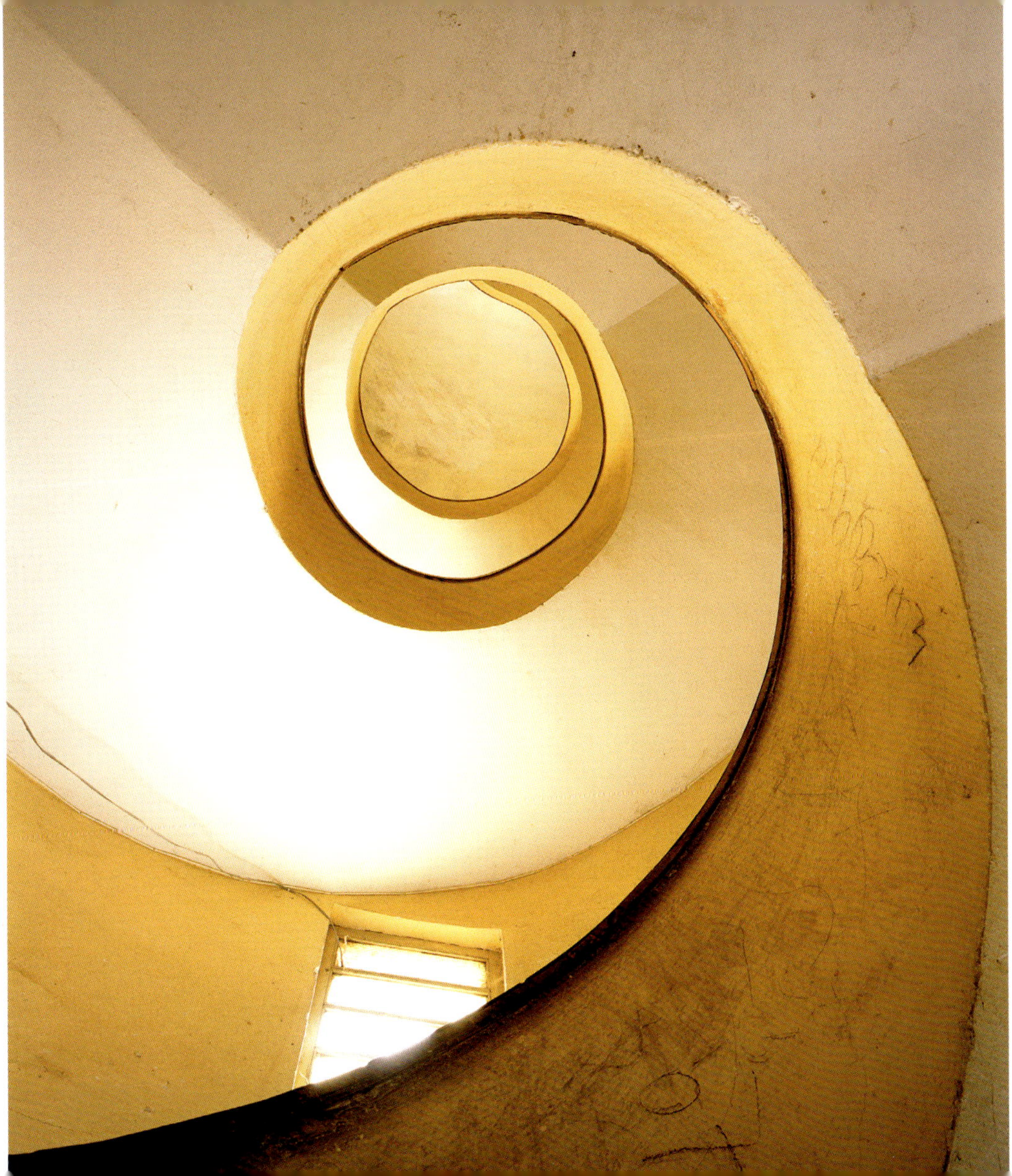

Wohnhaus · 1937 · Carlo Pozzo
Apartment building · 1937 · Carlo Pozzo
Casa d'abitazione · 1937 · Carlo Pozzo

Repräsentanz der Weltbank · 1938
World Bank Building · 1938
Rappresentanza della Banca Mondiale · 1938

| Wohn- und Geschäftshaus
| Shop and apartment building
| Casa d'abitazione e negozi

| Wohn- und Geschäftshaus
| 1937 · Roberto Cappellano
| Shop and apartment building
| 1937 · Roberto Cappellano
| Casa d'abitazione e negozi
| 1937 · Roberto Cappellano

||| Villa Grazia · 1942 · Antonio Vitaliti

IMPRESSUM | IMPRINT | COLOFONE

| Dank an | Thanks to | Si ringraziano:
Deutsches Architektur Museum Frankfurt/Main, Peter Cachola Schmal, Dr. Ursula Kleefisch-Jobst; Deutsches Architektur Zentrum, Kristien Ring, Franziska Eidner; Naigzy Gebremedhin und / and / e Stiftung Bauhaus Dessau, Prof. Dr. Omar Akbar, Katja Klaus, Werner Möller, Rainer Weisbach, Dr. Annette Zehnter; Christoph Melchers; Hermann Bredehorst; Mariette Junk; Tanja R. Müller; Jason Orton
| Weiterführende Literatur | Further Reading | Titoli di approfondimento: Edward Denison/Guang Yu Ren/Naigzy Gebremedhin: Asmara. Africa's Secret Modernist City. Merrell Publishers, London/New York

© 2006 by jovis Verlag GmbH

| © Das Copyright für die Abbildungen liegt bei Stefan Boness. Das Copyright für die Texte liegt bei den Autoren.
| © Pictures by kind permission of Stefan Boness. Texts by kind permission of the authors.
| © Il titolare del copyright per le immagini è Stefan Boness. I titolari del copyright per i testi sono i rispettivi autori.
| Alle Rechte vorbehalten. | All rights reserved. | Tutti i diritti riservati.
| Herausgeber | Editor | Curatore: Jochen Visscher
| Übersetzung | Translation | Traduzioni: Lucinda Rennison, Berlin (engl.); Claudio Cassetti, Berlin (ital.)
| Gestaltung und Satz | Design and setting | Progetto grafico e impaginazione: Kirsti Kriegel, Berlin
| Lithografie | Lithography | Lito: LVD, Berlin
| Druck und Bindung | Printing and binding | Stampa e rilegatura: OAN Offizin Andersen Nexö Leipzig, Zwenkau

Bibliografische Information der Deutschen Bibliothek
Die Deutsche Bibliothek verzeichnet diese Publikation in der Deutschen Nationalbibliografie;
detaillierte bibliografische Daten sind im Internet über http://dnb.ddb.de abrufbar.

jovis Verlag
Kurfürstenstraße 15/16
10785 Berlin
www.jovis.de

ISBN   3-936314-61-6   978-3-936314-61-8